L'équipe de rêve

Gordon Korman

DROIT AU BUT 2

L'équipe de rêve

Couverture de
Greg Banning

Texte français d'Isabelle Allard

Catalogage avant publication de Bibliothèque et Archives Canada

Korman, Gordon
[Dream Team. Français]
L'équipe de rêve / Gordon Korman;
texte français d'Isabelle Allard.

(Droit au but; 2)
Traduction de : The Dream Team.
Pour les 8-12 ans.
ISBN 0-439-94214-4

I. Allard, Isabelle II. Titre. III. Titre : Dream Team. Français.
IV. Collection : Korman, Gordon Droit au but; 2.

PS8571.O78A4514 2006   jC813'.54   C2006-905565-3

Édition publiée par les Éditions Scholastic,
604, rue King Ouest, Toronto (Ontario) M5V 1E1.

5 4 3 2 1   Imprimé au Canada   06 07 08 09

À Jay Howard Korman,
supervedette des années 2020

Chapitre 1

LES FLAMMES DANS LE FEU DE L'ACTION

par Clarence « Tamia » Aubin
journaliste sportif de la Gazette

Même si la ville de Bellerive et celle de Mars ne sont séparées que par un canal étroit, c'est la première fois, depuis la formation de la Ligue Droit au but de Bellerive qu'une équipe de Mars s'y voit acceptée. Les Flammes ont connu des débuts difficiles, mais personne ne rit plus de leur équipe aujourd'hui. Leur victoire de samedi dernier a porté à 3 victoires et 5 défaites les résultats inscrits sur leur fiche, et leur a permis de remonter dans le classement, eux qui occupaient le dernier rang...

L'homme a fini de lire mon article, puis m'a regardé.
— Et alors? m'a-t-il dit.
— Alors, je suis le reporter officiel de l'équipe, ai-je expliqué. Je dois être derrière le banc des joueurs. Et vous,

vous êtes assis à ma place.

L'homme a éclaté de rire en se poussant pour me faire de la place sur les gradins.

— Tous les autres se contentent d'une équipe et d'un entraîneur. Vous, les Martiens, il vous faut un reporter officiel!

Comme il avait l'air d'un bon gars, je n'ai pas fait d'histoires, même s'il nous traitait de Martiens. Nous sommes des Marsois, et tous les habitants de Bellerive le savent. Ils s'arrangent toujours pour nous donner l'impression d'être des citoyens de deuxième ordre.

Jean-Philippe Éthier, l'ailier gauche, s'est retourné sur le banc des joueurs et m'a aperçu.

— C'est la troisième période, Tamia! Où étais-tu passé?

— J'étais en retenue, ai-je répliqué d'un air mécontent. M. Pincourt m'a surpris avec un gros bonbon dur pendant le cours de sciences. J'ai essayé de mentir, mais il m'a tapé dans le dos et la boule est sortie de ma bouche. Elle est tombée dans un bécher d'acide. Je n'ai jamais vu un bonbon dur disparaître aussi vite!

— Est-ce que c'était ta dernière? m'a demandé le capitaine adjoint, Cédric Rougeau.

Seul membre des Flammes originaire de Bellerive, Cédric a remporté deux fois le titre de joueur le plus utile à son équipe.

J'ai hoché tristement la tête :

— J'aurais pu sucer ce bonbon pendant deux autres heures. Au lieu de ça, il s'est dissous en deux secondes!

— C'est à nous, a fait une voix calme.

C'était Alexia Colin, capitaine de l'équipe et seule fille de la Ligue Droit au but de Bellerive. Alexia utilisait une espèce de réglage de volume inversé. Elle chuchotait la plupart des choses que les gens expriment en criant. Cédric, Jean-Philippe et elle ont franchi la bande pour rejoindre les autres.

J'ai vérifié le pointage : 6 à 6. Les Flammes étaient à égalité avec les Rois du Service de couches Joli Bébé.

J'ai sorti mon carnet de reporter, qui fait autant partie de moi que la main qui me sert à écrire. Les Rois ont la réputation de marquer beaucoup de buts, mais leur défense est plutôt faible. Les Flammes ont donc pu leur répondre but pour but. L'équipe des Rois comprend beaucoup d'élèves de septième année. Leurs avants sont plus grands que ceux des Flammes, avec de longues jambes qui leur permettent de patiner plus vite.

Un ailier des Rois est allé chercher la rondelle dans le coin. Il a fait une passe toute en finesse à son capitaine, lui-même un élève de septième année que tout le monde appelle le Roi de la Couche.

Paf!

Le Roi de la Couche a exécuté un lancer frappé percutant. Jonathan Colin, gardien des Flammes et frère jumeau d'Alexia, a fait le grand écart. Sa jambière étendue a arrêté la rondelle au moment où il s'écrasait sur la glace.

— Le machin! Dégage le machin! a tonné la voix de stentor de l'entraîneur, Boum Boum Blouin.

3

Il faut que j'explique quelque chose au sujet de l'entraîneur des Flammes. Comme il ne se souvient presque jamais du nom des choses, il les désigne par des mots comme « machin », « truc », « bidule » ou « cossin ». Le langage ne pose pas de problèmes à Boum Boum. Il ne s'en sert tout simplement pas.

La rondelle est allée tout droit à l'autre ailier, immobilisé devant le filet par Benoît Arsenault, l'un de nos défenseurs. L'ailier des Rois, plus costaud, a réussi à se dégager et a levé son bâton pour frapper.

Bam!

Alexia lui a enfoncé son épaule dans le ventre, et il est tombé sur le dos. Les joueurs étaient maintenant habitués à jouer contre une fille. Mais ils n'arrivaient pas à accepter qu'elle soit la plus robuste plaqueuse de la ligue.

Alexia a passé la rondelle à Kevin Imbeault, l'autre défenseur des Flammes, qui lui a souri pour la féliciter de sa passe tout en se dirigeant vers la zone neutre.

Vous vous demandez probablement comment Kevin pouvait sourire à Alexia tout en patinant dans l'autre direction. C'est que Kevin patine à reculons. Il fait toujours ça, même quand il doit aller vers l'avant. Il est tout le contraire de Benoît, qui n'a jamais maîtrisé l'art de patiner à reculons.

Kevin a franchi la ligne rouge. Il pouvait voir où il allait en regardant dans le rétroviseur de voiture collé à sa visière. Lorsque le défenseur des Rois a tenté de s'emparer de la rondelle, Kevin a fait une feinte sans même avoir à se retourner.

Juste avant la ligne bleue, il a exécuté un court tir en direction de Cédric. J'ai resserré les doigts sur mon stylo. Nul besoin d'être un maniaque de hockey pour apprécier le jeu de Cédric Rougeau.

Il avait deux adversaires à déjouer. Il a d'abord fait un écart, avec la grâce d'un danseur de ballet, pour éviter une mise en échec. Puis il a semé l'autre défenseur en s'élançant comme une flèche dans un nuage de cristaux de glace. S'approchant du gardien des Rois à toute allure, il a effectué un lancer frappé court si percutant que la rondelle est entrée dans le filet avant même que le gardien puisse lever le petit doigt.

Les partisans des Flammes ont bondi en hurlant pour applaudir ce but décisif. Comme d'habitude, j'essayais de faire deux choses à la fois : écrire tout en applaudissant. Voilà ce que c'est que d'être journaliste! Oh, je sais que la *Gazette* de l'école élémentaire de Bellerive n'est pas un grand journal. Bon, d'accord, c'est un torchon. Je ne l'utiliserais même pas pour tapisser le fond d'une cage à oiseaux. Par contre, il peut me servir de tremplin, car un jour, je vais devenir journaliste sportif pour le magazine *Sports Mag*.

Il restait moins de deux minutes à jouer. Les Rois ont eu un regain d'énergie, et les Flammes se sont démenés pour les bloquer. Au cours de la dernière minute de jeu, le gardien des Rois a effectué un tir à la manière d'un golfeur, dans le but de dégager sa zone. La rondelle est allée frapper un bâton, puis s'est élevée haut dans les airs. Tout le monde a retenu son souffle. Le Roi de la Couche rôdait près de la ligne rouge, attendant une occasion de faire une échappée de dernière minute. Mais Jean-Philippe a sauté très haut pour arrêter la rondelle avec son gant. Selon le règlement, il ne pouvait ni l'attraper ni la faire dévier vers un coéquipier. Il ne lui restait donc qu'à la rabattre pour la faire atterrir à ses pieds.

La rondelle a ricoché sur le bout de ses doigts, est montée à la verticale, puis est retombée... dans l'encolure de son chandail. Le sifflet de l'arbitre a retenti.

— Hé, le jeune! a lancé l'arbitre. Donne-moi la rondelle!

— Elle n'est pas là, a répondu Jean-Philippe en tapotant son chandail.

— Il faut qu'elle soit là. Je l'ai vue tomber dans l'encolure.

Tous deux se sont mis à chercher la rondelle. Jean-Philippe a enlevé son chandail, puis ses épaulières. Les joueurs des deux équipes se sont approchés. Ils l'ont fouillé, secoué, tapoté. Pas de rondelle.

— Regardez dans son bidule! a conseillé Boum Boum, assis sur le banc.

Un fou rire contagieux s'est répandu dans l'assistance.

— Ce n'est pas drôle! a crié Jean-Philippe en direction des gradins.

Des éclats de rire lui ont répondu.

— Elle doit être dans ta culotte, en a conclu le juge de ligne.

— Pas question! a protesté Jean-Philippe. Je n'enlèverai pas ma culotte devant tout le monde!

Excédé, l'arbitre a lancé à Boum Boum :

— Pouvez-vous le faire sortir d'ici?

J'ai eu une idée géniale pour le titre de mon article : *Le mystère de la rondelle disparue.*

La partie a continué avec une nouvelle rondelle, Jean-Philippe n'ayant jamais retrouvé l'autre.

Les Flammes ont tenu bon et ont remporté la victoire avec un pointage de 7 à 6.

Chapitre 2 \ \ \ \ \ \

Puisque le vestiaire était mixte, les Flammes enlevaient seulement leurs patins et leur casque pour le retour à la maison. En tant que reporter de l'équipe, j'y suis entré pour rendre compte de l'atmosphère de réjouissance.

Boum Boum était ravi.

— Super machin! s'est-il exclamé en donnant des tapes dans le dos de ses joueurs.

Jonathan a retiré son masque de gardien et a commencé à enlever la neige de ses jambières en les frappant avec son bâton.

— Quelle attaque! a-t-il dit à Cédric. Ton tricotage était génial! Les Rois en tremblaient dans leur couche!

Carlos Torelli a laissé échapper un rire qui ressemblait à un braiment :

— Dans leur couche! Ah! ah! Parce qu'ils sont commandités par un service de couches!

Il ne fallait pas grand-chose pour amuser Carlos. Les

blagues du genre « Toc-toc! Qui est là? » le rendaient complètement hystérique. Les dessins animés mettant en vedette l'oiseau coureur et le coyote l'expédiaient pratiquement aux soins intensifs!

La porte du vestiaire s'est ouverte et la femme de l'entraîneur est entrée avec une collation pour l'équipe. Elle apportait toujours quelque chose de dégoûtant, comme des trucs aux germes de blé biologiques et à la luzerne. Les Blouin étaient propriétaires du magasin d'aliments naturels qui commanditait l'équipe.

— Félicitations, tout le monde! a lancé Mme Blouin en souriant.

Elle a distribué des croustilles multigrains aux épinards et des laits frappés énergisants. La règle tacite des Flammes était que personne ne disait aux Blouin à quel point leur nourriture était immangeable.

Même si je ne fais pas officiellement partie de l'équipe, je ne suis pas exempté de cette torture. Cependant, j'ai trouvé un truc pour me changer les idées pendant que j'avale ces aliments au goût horrible : je garde les yeux fixés sur Mme Blouin.

En effet, Mme B. est d'une beauté à provoquer des embouteillages. Les vedettes de cinéma ont l'air de babouins à côté d'elle. La plupart des gars de l'équipe font comme moi et la fixent du regard. Elle mesure plus de un mètre quatre-vingts, a de longs cheveux noirs, et des yeux... Oh, et puis oubliez ça. Il faudrait être Shakespeare pour décrire cette femme. Je suis meilleur que lui pour décrire un jeu en supériorité numérique de 5 contre 3, mais je ne trouve pas les mots pour décrire Mme B. Peut-être qu'il n'en existe pas.

Nous appelons le couple Blouin la Belle et la Bête. Vous pouvez donc imaginer l'allure de Boum Boum. Il est grand et maigre, avec des yeux exorbités, un nez de travers et des dents manquantes. C'est la conséquence de 16 ans de carrière dans la LNH comme joueur dont personne n'a entendu parler. Son front est aussi dégarni qu'une boule de billard, mais il a de longs cheveux frisottés, noués en queue de cheval. Même s'il a l'air étrange, c'est le meilleur gars du monde et un excellent entraîneur de hockey.

Comme Mme B. était présente, Alexia était la seule en état de prendre la parole.

— Très bon, ce lait frappé, madame Blouin, a-t-elle dit.

— Oh, ce n'est pas du lait frappé, a répliqué la femme de l'entraîneur. Cette boisson ne contient aucun produit laitier. Elle est faite avec de l'extrait de soya et parfumée aux kiwis écrasés.

Comme si nous avions besoin de connaître ces détails!

J'ai décidé qu'il était temps de faire mon travail de journaliste.

— Quelle impression ça fait d'avoir une fiche avec 4 victoires et 5 défaites? ai-je demandé aux joueurs.

— Si l'on considère que nous aurions pu être éliminés de la ligue il y a un mois, c'est très satisfaisant! a dit Alexia en souriant.

— Vous rendez-vous compte qu'il manque seulement

un match pour qu'on ait autant de victoires que de défaites? a ajouté Jonathan d'un ton excité.

— Ce serait une moyenne de 0,500! me suis-je exclamé en écrivant à toute vitesse. Après avoir commencé avec une fiche de 0 et 3, se rendre à 0,500 pour le tournoi serait digne d'une équipe Cendrillon!

Boum Boum a sorti la tête de son sac.

— Une moyenne de 0,500, c'est très bien. Mais le truc le plus important, c'est de jouer de notre mieux à chaque patente, et de prendre ça une bébelle à la fois.

— Boum Boum dit toujours ça, a confirmé Mme Blouin.

Dit toujours quoi?

Voilà comment ça se passe dans le vestiaire des Flammes. Beaucoup de paroles sages y sont probablement échangées. Il faudrait seulement un traducteur pour les déchiffrer.

Cédric vit près de l'aréna de Bellerive, où sont disputées les parties de la ligue. Il peut donc rentrer chez lui à pied. Les autres joueurs et moi montons dans l'« autobus » de l'équipe pour franchir les trois kilomètres qui nous séparent de Mars. Cet « autobus » est en fait un tas de ferraille qui sert à faire les livraisons du magasin d'aliments naturels des Blouin. Vous vous souvenez du rétroviseur de Kevin? Eh bien, il est tombé de ce camion, un jour. Je suis surpris de voir que les pneus, les ailes, les pare-chocs et le moteur ne se détachent pas à leur tour.

Vous pouvez donc imaginer à quel point c'est

confortable pour 10 jeunes et leur équipement de hockey, juchés sur d'énormes bacs de plastique remplis de tofu, surtout lorsque le camion traverse le pont en bringuebalant.

Quand je suis arrivé chez moi, ma mère m'attendait derrière la porte. Je pensais qu'elle allait me fouiller et vider mon sac pour vérifier si j'avais des gros bonbons durs (j'ai eu 11 caries lors de mon dernier rendez-vous chez le dentiste). Mais ce n'était pas pour cette raison qu'elle guettait mon retour.

— Nous avons de la visite, Clarence, m'a-t-elle annoncé.

Voilà pourquoi j'aime me faire appeler Tamia. N'importe quel nom est préférable à Clarence.

Une voix familière a lancé :

— Hé, mon gars!

Puis mon père est sorti du salon.

— Papa!

J'ai couru me jeter dans ses bras.

Je n'ai pas souvent la chance de le voir. Ce n'est pas vraiment sa faute : il est représentant de commerce et doit voyager pour son travail. Mes parents se sont séparés quand j'avais sept ans.

— Je suis content de te voir, Tamia, m'a-t-il dit avec un grand sourire.

Ma mère a fait la grimace.

— Michel, ne l'appelle pas comme ça, je t'en prie, a-t-elle supplié. Ce surnom vient de sa joue gonflée quand il mange des bonbons durs! Et nous avons de sérieux problèmes de caries, ces temps-ci!

Je sais reconnaître le moment où il faut changer de sujet.

— Alors, papa, est-ce que tu vends toujours ce nouveau bidule d'ordinateur?

— Bidule? a-t-il répété en riant.

— Bidule, cossin, truc, patente... Ce sont les mots de Boum Boum Blouin, l'entraîneur des Flammes. Savais-tu qu'on a une équipe dans la ligue de Bellerive?

Il a hoché la tête.

— Ta mère m'a raconté ça. C'est un miracle! Nous essayions d'y entrer depuis mon enfance! J'aimerais vraiment lire tes articles sur l'équipe. As-tu fait un album?

Si j'ai fait un album? J'ai conservé tous mes textes publiés dans la *Gazette* et les ai méticuleusement collés dans un album que je garde précieusement dans ma chambre. Bien sûr, j'ai coupé la partie qui dit *Gazette de l'école élémentaire de Bellerive* pour la remplacer par le logo de la page couverture du magazine *Sports Mag*.

Papa a rapidement parcouru les deux premiers articles.

— C'est formidable! Félicitations, Tamia! Oh, en passant...

Il a sorti de sa poche un petit paquet enveloppé de cellophane et me l'a tendu.

J'ai souri. C'était une mégabombe au raisin, un de mes bonbons durs préférés. Il y a une explosion de jus de raisin à l'intérieur.

— Merci, papa!

— À ton service! a-t-il répliqué en me faisant un clin d'œil. Mais ne dis pas à ta mère que ça vient de moi.

J'ai fait la moue.

— Tu veux rire? Si elle m'attrape avec un autre bonbon dur, je ne vivrai pas assez longtemps pour assister au prochain entraînement des Flammes, qui a lieu demain!

— Demain? a dit papa d'un air intéressé. Ici, à Mars? Je devrais avoir terminé mes rendez-vous à temps pour t'y rejoindre après l'école.

— Vraiment? ai-je dit, tout excité. Es-tu en ville pour longtemps?

— Quelques semaines, a-t-il répondu. Écoute, Tamia, il faut que je retourne à mon hôtel. On se voit à la patinoire demain, d'accord?

— Bonne nuit, papa! ai-je dit en l'embrassant.

Je ne suis pas de ces enfants qui passent leur temps à espérer que leurs parents vivent à nouveau ensemble. Mes parents semblent être restés bons amis, et ça me convient parfaitement. J'étais très content que mon père passe du temps à Mars, surtout s'il s'intéressait aux Flammes.

J'ai ramassé ma mégabombe au raisin. Maman est maniaque quand il s'agit du dentiste. Elle a même distribué ma photo d'école à tous les magasins de bonbons de la ville pour qu'ils ne m'en vendent pas. Voilà un autre avantage d'avoir mon père dans les parages. Je vais pouvoir recommencer à manger des gros bonbons durs.

IIIII _Chapitre 3_

Pour une raison quelconque, les enfants de Bellerive pensent que rien n'est plus hilarant que de se moquer des Marsois. Ils nous traitent de Martiens, de gagas de la galaxie, d'épais de l'espace. Ils ont même rebaptisé notre autobus scolaire Pathfinder, en l'honneur de la mission de la NASA vers Mars.

Les adultes de Bellerive ne sont guère mieux que les enfants. Ils sont plus polis, mais ne se privent pas de faire des blagues.

— Nous entrons maintenant dans l'atmosphère terrestre, a lancé Mme Costa, la chauffeuse de l'autobus. Préparez-vous pour l'arrimage à la base de lancement de Bellerive!

Vous voyez? Mme Costa répète ça chaque jour! Nous en avons tous marre de l'entendre! Tous, sauf Carlos, qui trouve cette farce tordante.

— La base de lancement de Bellerive! a-t-il répété en

gloussant. C'est comique, non?

— Elle répète ça tous les jours depuis la maternelle, a marmonné Alexia. Ce n'est plus comique.

Des élèves s'étaient attroupés devant l'entrée. Ils riaient, blaguaient et semblaient bien s'amuser, ce qui signifie généralement qu'un pauvre Marsois est sur le point de se faire démolir.

Un papier était collé sur la porte. J'y ai jeté un coup d'œil.

À LA RECHERCHE DE LA RONDELLE MARTIENNE

Nous sommes entrés lentement. Dans le hall se trouvait le mannequin de magasin à rayons qu'ils avaient utilisé auparavant pour rire de nous. Le mannequin était affublé d'un casque, d'un bâton de hockey et d'un t-shirt vert trafiqué pour ressembler au chandail des Flammes. Il portait le numéro 10, celui de Jean-Philippe. Une autre pancarte était accrochée au bâton :

**AIDEZ CE MARTIEN À TROUVER SA RONDELLE.
INDICE : ELLE EST PRÈS DE SON CERVEAU.**

Ai-je mentionné que le mannequin ne portait pas de culotte? Comment décrire où ils avaient mis la rondelle « manquante »... Contentons-nous de dire que le mannequin aurait eu du mal à s'asseoir.

Carlos s'est esclaffé.

— Hé, Jean-Philippe, as-tu pensé à regarder *là*?

Jean-Philippe était rouge tomate.

— Je n'ai jamais pu la trouver! a-t-il protesté.

— As-tu regardé dans ta culotte de hockey? a suggéré Jonathan. Peut-être qu'elle a glissé dans une des poches où on place les protecteurs?

Jean-Philippe lui a jeté un regard furieux :

— Ma mère a déjà lavé ma culotte de hockey! Elle a lavé tout mon équipement! Il n'y avait pas de rondelle!

— Alors, elle a dû tomber dans le tas de linge sale au sous-sol, a insisté Benoît.

Jean-Philippe a perdu patience :

— Elle n'est pas dans le tas de linge sale! Elle a disparu, c'est tout! C'était un événement surnaturel inexpliqué!

On pouvait se fier à Jean-Philippe pour jeter de l'huile sur le feu quand il était le dindon de la farce. Les petits comiques de Bellerive riaient à gorge déployée.

À l'école, on ne parlait que de la liste des joueurs choisis pour faire partie de l'équipe des étoiles de la ligue. Elle était fixée au grand tableau d'affichage près du bureau.

Être sélectionné n'était pas seulement un grand honneur. Ces joueurs allaient participer à un tournoi important et se rendre à Montréal pour jouer contre les équipes de 15 autres ligues.

Une foule d'élèves était massée devant le tableau. Des murmures excités remplissaient le couloir, et les heureux élus se tapaient dans la main pour se féliciter. Comme je suis plutôt petit, je devais étirer le cou entre les têtes et les épaules qui me bloquaient la vue.

— Laissez passer la presse! ai-je crié.

Ça m'a valu un coup de coude dans le ventre et quelques éclats de rire. Voilà pourquoi je veux travailler pour *Sports Mag*. Personne ne prend la *Gazette* au sérieux.

Alexia a levé les yeux au ciel. Elle s'est avancée et s'est frayé un chemin dans la foule comme une moissonneuse dans un champ de blé. Cédric et Jonathan lui ont emboîté le pas, et je me suis glissé derrière eux. Quand j'ai levé les yeux, j'étais devant le tableau d'affichage.

La liste des joueurs correspondait plus ou moins à mes attentes. La moitié des joueurs provenaient de l'équipe des Pingouins, les champions commandités par la centrale électrique de la ville. J'ai commencé à copier les noms dans mon carnet de reporter. Le Roi de la Couche s'y trouvait aussi, avec plusieurs autres élèves de septième année que je ne connaissais pas. Il y avait Cédric, bien sûr, et... la pointe de mon crayon s'est brisée. Il n'y avait pas d'autres joueurs des Flammes.

Mes antennes de journaliste ont vibré, au point de m'électrocuter. C'était une nouvelle incroyable! Quel affront! D'accord, nous aimions tous Cédric, mais il était originaire de Bellerive. Ça voulait dire qu'il n'y avait aucun Marsois dans l'équipe des étoiles. C'est vrai que Jonathan avait une mauvaise moyenne pour ce qui est des buts alloués. Et je suppose que Jean-Philippe était plus connu comme clown que comme ailier. Quant à nos meilleurs défenseurs, ils avaient l'air plutôt étranges quand ils patinaient, l'un à reculons, l'autre vers l'avant. Mais qu'en était-il d'Alexia?

Elle était une excellente attaquante défensive, douée pour les mises en échec et capable de faire des passes précises Elle faisait même partie des 20 meilleurs marqueurs. La semaine précédente, j'avais interviewé un joueur des Étincelles. Il m'avait raconté que leur entraîneur avait passé la moitié d'une séance d'entraînement à leur montrer comment jouer contre Alexia. Elle méritait une place dans l'équipe des étoiles! C'était injuste!

Jonathan a passé un bras autour des épaules de sa sœur.

— Désolé, Alex.

Elle n'a rien dit, mais je pouvais voir qu'elle était déçue.

— Tiens, tiens, a déclaré Rémi Fréchette, un joueur des Pingouins. Il n'y a aucun gaga de la galaxie dans l'équipe des étoiles!

— Oui, il y en a un! s'est exclamé Olivier Vaillancourt. Un pauvre type nommé Cédric Rougeau. Il nous a quittés pour se joindre aux Martiens, tu te souviens?

La saison précédente, quand Cédric faisait partie des Pingouins, lui et ces deux crétins étaient connus comme le trio ROC : Rémi, Olivier, Cédric. Maintenant que leur centre était un joueur appelé Tristan, ils formaient le trio ROT. Un nom qui convenait parfaitement à ces grossiers personnages.

Rémi s'est tourné vers Alexia :

— Ne te donne pas la peine de chercher ton nom sur la liste, ma chère, a-t-il lancé d'un ton méprisant. Croyais-tu qu'ils allaient prendre une fille dans l'équipe des étoiles?

— Eh bien, ils le devraient! a rétorqué Cédric d'un ton sec. Comme ailière, elle vous surpasse tous les deux! Cette équipe sera la risée si elle n'en fait pas partie.

Alexia, qui ne faisait jamais rien comme tout le monde, a réagi exactement comme je m'y attendais : elle s'est attaquée à Cédric au lieu de se fâcher contre Rémi et Olivier.

D'une voix calme qu'on pouvait entendre dans tout le couloir, elle lui a dit :

— Qui t'a demandé de me défendre? Mêle-toi de tes affaires!

Et elle est partie en trombe, laissant Cédric planté là, la bouche ouverte.

Olivier a ricané :

— Ton équipe a vraiment de la classe, Rougeau!

— Comme si tu savais ce que c'est que d'avoir de la classe! a répondu Cédric avec un regard glacial.

Nous sommes partis avant qu'une bagarre éclate. En m'éloignant, je secouais la tête, accablé.

— C'est vraiment injuste! ai-je dit à mes amis. Il devrait y avoir au moins un Marsois dans l'équipe des étoiles!

Jonathan a haussé les épaules :

— Il faut dire que notre équipe a connu des débuts difficiles. On s'est améliorés, c'est vrai, mais nos étoiles ne sont pas si brillantes que ça. À l'exception d'Alex.

— C'est ce que je veux dire! ai-je insisté. Elle devrait figurer sur cette liste!

Cédric a fait la moue.

— Même si Alexia avait plus de buts et d'aides que Wayne Gretzky, elle ne ferait pas partie de l'équipe des étoiles. Non seulement elle vient de Mars, mais c'est une fille. C'est un double obstacle.

— Mais ne voyez-vous pas que c'est injuste? ai-je protesté. Les étoiles devraient être les meilleurs joueurs, un point, c'est tout! Elle est meilleure que la moitié de ces gars! Le Roi de la Couche, tu parles! Il ne lui arrive pas à la cheville!

—On ne peut rien y faire, a dit tristement Jonathan. Ce sont les officiels de la ligue qui votent pour choisir les joueurs de l'équipe des étoiles. Ce n'est pas à nous de décider.

D'accord. Peut-être que Jonathan avait raison. L'équipe ne pouvait rien faire. Ce n'était pas le rôle des joueurs de révéler des injustices et de se battre pour faire triompher la justice. Cette responsabilité revenait à quelqu'un qui pouvait passer l'information au crible et découvrir la vérité. Quelqu'un qui pouvait faire connaître cette vérité au public. Quelqu'un comme... un journaliste.

Dans des moments pareils, je déteste être un enfant. Si j'avais travaillé pour RDS, j'aurais pu passer à la télé et révéler cette énorme arnaque au monde entier. Si j'avais été journaliste pour *Sports Mag*, j'aurais pu faire la première page avec cette nouvelle exclusive. Mais la *Gazette* de l'école élémentaire de Bellerive n'est publiée qu'une fois par mois. Quand le prochain numéro sortirait, le tournoi des étoiles serait déjà terminé!

J'ai redressé les épaules et me suis dirigé vers la classe de Mme Spiro.

— Il faut publier un numéro spécial de la *Gazette*! lui ai-je annoncé.

Elle ne m'a même pas demandé pourquoi. Elle m'a juste répondu « non ».

— Mais...

Je lui ai donné tous mes arguments sur la vérité et la justice.

Mme Spiro, qui est censée prendre le parti des journalistes, m'a fait un long discours sur le coût du papier. Le papier! Rien ne coûte moins cher que ça! Même les Bébés Boules, les plus petits et les plus ordinaires des gros bonbons durs, coûtent 10 cents. On peut acheter beaucoup de papier pour 10 cents!

La cloche a sonné. Durant l'heure qui a suivi, j'ai dû faire semblant de me concentrer sur le cours de français. J'avais, en effet, quelque chose de bien plus important en tête. Je devais trouver un moyen de faire connaître ce scandale au public.

Mais comment?

Chapitre 4

Mars ne dispose pas d'un superbe aréna comme celui du centre de loisirs de Bellerive. Notre patinoire se trouve à l'extérieur. La glace est raboteuse, une caractéristique que nous avons d'abord perçue comme un désavantage. Pourtant, à force de s'entraîner sur cette glace, les joueurs des Flammes sont devenus d'excellents patineurs.

De toute façon, nous adorerions notre patinoire bosselée même si elle était hantée par des loups mangeurs d'hommes. C'est le décor de notre toute première victoire, et contre les Pingouins en plus!

Mon père avait dit qu'il essaierait d'être à la patinoire à temps pour la séance d'entraînement. J'essayais de ne pas me faire trop d'illusions. On ne sait jamais quand l'horaire d'un représentant peut changer. Papa devait toujours se précipiter à des réunions ou des rendez-vous de dernière minute. Mais, quand je suis arrivé à la patinoire, il était là. Non seulement il y était, mais il portait des patins et

23

faisait des passes à Jean-Philippe, Carlos et Marc-Antoine Montpellier.

J'ai couru jusqu'à la bande.

— Salut, papa!

— Tamia! J'ai une nouvelle pour toi! Ton vieux père est encore capable de patiner!

Il a glissé jusqu'à la bande et a sorti un petit paquet de sa poche.

— Je t'ai apporté quelque chose. Si tu veux travailler un jour pour *Sports Mag*, tu vas en avoir besoin.

J'étais gêné. Mon père devait avoir remarqué ma fausse couverture de *Sports Mag*. On ne pouvait rien lui cacher.

En ouvrant le paquet, je suis resté bouche bée. C'était un magnétophone de poche, comme ceux qu'utilisent les vrais journalistes! Parfait pour les entrevues et pour enregistrer des notes durant les matchs.

— Tu n'aurais pas pu trouver un meilleur cadeau! me suis-je exclamé.

— À ton service! m'a-t-il répondu avec un clin d'œil.

J'ai inséré les piles. Il ne manquait qu'une chose pour que ce moment soit parfait.

Papa a dû lire dans mes pensées.

— Au fait... a-t-il ajouté en me tendant un bonbon piquant à la cannelle.

J'ai à peine pris le temps d'enlever le papier.

Puis j'ai mis l'appareil en marche pour commencer ma première entrevue enregistrée.

— Je parle aujourd'hui avec Michel Aubin, père du

célèbre journaliste sportif Tamia Aubin. Et voici l'entraîneur des Flammes, Boum Boum Blouin.

J'ai appuyé sur la touche d'arrêt.

— Monsieur Blouin, je vous présente mon père.

— Heureux de vous rencontrer, Boum Boum, a dit papa. Je me rappelle vous avoir vu jouer dans la LNH. Était-ce avec les Red Wings ou le Canadien?

— Les deux, a répondu Boum Boum.

Comme je l'ai déjà mentionné, Boum Boum n'était pas une superstar dans la LNH. Il était échangé trois fois par saison, quand il n'était pas tout simplement renvoyé dans les ligues mineures. Il avait joué non seulement pour les Red Wings et le Canadien, mais aussi pour les Flyers, les Bruins, les Black Hawks, les Maple Leafs, les Kings, les Penguins et les Rangers. Il avait presque fait le tour de la ligue. En fait, si la LNH avait accordé des points pour grands voyageurs, Boum Boum en aurait amassé suffisamment pour aller sur la Lune.

Papa a levé son bâton.

— J'espère que ça ne vous dérange pas si je participe à votre entraînement.

— Pas de problème, a dit Boum Boum en souriant. Nous avons besoin de toute l'aide possible. Hé, les gars! a-t-il lancé en plaçant ses mains en porte-voix. Approchez-vous pour la patente d'équipe!

J'ai appuyé sur la touche d'enregistrement.

Boum Boum a déclaré :

— Avant qu'on commence les trucs...

— Exercices, ai-je murmuré dans le micro.

— ... est-ce que vous avez des bébelles ou des machins? a-t-il poursuivi.

— Des questions ou des commentaires, ai-je traduit.

Jean-Philippe a levé la main. Les autres ont poussé un grognement. Les commentaires de Jean-Philippe étaient aussi célèbres que bizarres.

— Monsieur Blouin, pourquoi ne s'exerce-t-on jamais à rabattre la rondelle?

Boum Boum a eu l'air surpris.

— S'exercer? Vous n'avez qu'à lever votre gant et faire tomber la patente par terre. Pas besoin de s'exercer!

— Vous ne comprenez pas, a insisté Jean-Philippe. Pendant la dernière partie, je n'ai pas rabattu la rondelle de la bonne façon parce que je ne m'étais pas exercé.

— C'est pour ça qu'elle n'est jamais retombée! a lancé ce petit malin de Carlos.

Quelques ricanements ont fusé ici et là. Même Boum Boum retenait un rire. De toute évidence, il ne savait pas quoi répondre.

— Eh bien, Jean-Philippe... a-t-il commencé.

Savez-vous qui est intervenu pour sauver la situation? Mon père.

— C'est un point très important que tu soulèves, Jean-Philippe. Ça me ferait plaisir de passer un peu de temps à faire des exercices de... « rabattage » avec toi. Si l'entraîneur est d'accord.

Boum Boum a eu l'air soulagé.

— Très bien. Allez-y! Pendant ce temps, nous allons commencer nos cossins.

Les joueurs se sont donc exercés à faire des croisements pendant que mon père travaillait avec Jean-Philippe dans un coin. Il lui lançait des rondelles comme s'il jetait des poissons aux phoques du zoo.

Puis mon père a fait le tour de l'équipe. Il a montré à Jonathan comment orienter son gant bloqueur. Il a enseigné des techniques de maniement du bâton à Benoît et Marc-Antoine. Il a agi comme défenseur dans des affrontements individuels avec Cédric. Il a même essayé d'expliquer à Carlos pourquoi il était hors-jeu 90 % du temps. C'était peine perdue. Se faire comprendre de Carlos était comme essayer de percer du titane avec un couteau à beurre. Sauf que mon père était malin. Il a jaugé Carlos, puis a décidé de lui raconter une blague « Toc-toc ». En plus, c'était une blague que Carlos ne connaissait pas. Il s'est jeté à plat ventre au milieu du cercle de mise au jeu et a hurlé de rire pendant cinq bonnes minutes.

Quand l'entraînement a enfin pu reprendre, papa a participé à un exercice de mise en échec. Il faisait mine de s'écrouler par terre chaque fois que quelqu'un le touchait. Des rires fusaient dans l'air froid. Puis Alexia est arrivée et l'a carrément renversé sur le dos.

J'ai sauté par-dessus la bande et j'ai couru vers lui.

— Papa? Est-ce que ça va?

Je pensais qu'il était mort.

Il s'est relevé en grognant. Il a regardé autour de lui et

a fait signe à la personne qui l'avait plaqué.

— Toi, viens ici!

Alexia s'est laissée glisser vers lui et a retiré son casque. Ses longs cheveux blonds se sont répandus sur ses épaulières. Elle a regardé mon père en levant le menton.

J'ai retenu mon souffle. Je savais qu'elle le défiait de faire toute une histoire parce qu'elle était une fille.

Mais il n'a pas changé d'expression. Il n'a pas eu l'air surpris et n'a même pas dit : « Oh, tu es une fille! »

— Ça, c'était une excellente mise en échec avec l'épaule, a-t-il dit au groupe. Observez-la bien. Si vous faites comme elle, tout sera parfait.

La mâchoire d'Alexia s'est relâchée. Son cou s'est détendu. Elle a souri à mon père. Et croyez-moi, Alexia ne sourit pas facilement.

J'étais ravi. Mon père semblait plaire aux joueurs des Flammes et à Boum Boum. Et ce dernier avait l'air heureux qu'un autre adulte l'aide à entraîner les joueurs.

C'était l'un des plus beaux moments de ma vie. J'avais un bonbon dur dans la bouche, un magnétophone tout neuf dans la main, et mon père faisait maintenant partie de mon reportage. Ça ne pouvait pas aller mieux! Papa est même venu au magasin d'aliments naturels pour la réunion d'équipe après l'entraînement.

— J'aimerais porter un toast, a-t-il dit en levant son verre de jus de carotte. À notre joueur étoile, Cédric! Bonne chance pour le tournoi!

C'était la première fausse note – *bling!* – dans la

magnifique symphonie de mon après-midi. J'étais là, en train de m'amuser, pendant que cette ligue pourrie se permettait d'exclure les Marsois de l'équipe des étoiles.

Cédric avait l'air mal à l'aise, lui aussi.

— Je ne sais pas. Je n'irai peut-être pas.

Boum Boum était stupéfait :

— Qu'est-ce que tu veux dire, *tu n'iras pas*? C'est quoi, cette patente à gugusse-là?

— Ce serait plutôt bizarre de jouer avec tous ces Pingouins, a dit Cédric d'un air malheureux. Ces gars me traitent comme un chien depuis que je fais partie des Flammes.

— Tu vas y aller, c'est moi qui te le dis! est intervenue Alexia en baissant le volume pratiquement à zéro. Je te défends bien de te dégonfler juste parce que je n'ai pas été choisie. Je ne veux pas de ta charité!

— Tu as seulement besoin que tes coéquipiers viennent t'encourager, a déclaré Mme Blouin. Dis-leur, Boum Boum, a-t-elle ajouté en se tournant vers son mari.

Je pouvais voir que l'entraîneur bouillait d'impatience. Ses yeux de mante religieuse avaient l'air plus exorbités que jamais quand il nous a annoncé :

— Voici l'affaire : nous allons tous monter dans le cossin et aller assister au bidule! nous a-t-il annoncé.

Nous étions perplexes, mais pas surpris. Quand Boum Boum était excité, son vocabulaire descendait encore d'un cran. Nous nagions dans les trucs-bidules-machins.

Mme Blouin est venue à notre aide :

— Ce que Boum Boum veut dire, c'est que nous irons tous à Montréal pour assister à la finale du tournoi.

— Oh! a soufflé Carlos. Et si mes parents refusent que j'y aille?

— Ne t'en fais pas, a dit Boum Boum en riant. J'ai déjà téléphoné à vos parents. Ils ont tous donné leur machin.

— Leur accord, a traduit sa femme. Il fallait obtenir leur permission, parce que ce n'est pas tout. Vous savez que Boum Boum a déjà joué pour le Canadien de Montréal. Il a encore des contacts là-bas...

— Nous irons tous voir un match du Canadien le samedi soir! a terminé Boum Boum.

— Vous devrez apporter votre brosse à dents! a dit Mme Blouin avec son sourire de mannequin-vedette. Nous allons dormir à l'hôtel.

Les joueurs se sont déchaînés.

— Une vraie partie de la LNH! a soufflé Jonathan. C'est incroyable!

— C'est la meilleure chose qui me soit jamais arrivée! a renchéri Benoît.

— On va pouvoir observer comment Saku Koivu rabat la rondelle! s'est exclamé Jean-Philippe.

Je devais avoir l'air inquiet. Après tout, je n'étais pas un joueur des Flammes.

Boum Boum m'a donné une tape dans le dos.

— Toi aussi, tu seras là, Tamia. Comment pourrions-nous y aller sans notre bidule d'équipe?

— Ce sera le voyage le plus génial de tous les temps, a

gémi Cédric. Et je vais manquer ça pour jouer avec ce taré de Rémi Fréchette!

Alexia lui a ri à la figure.

— Prends les choses du bon côté, la vedette! On ne pourrait pas faire ce voyage si notre merveilleux coéquipier n'avait pas été sélectionné comme étoile!

Kevin a tiré la manche de Boum Boum.

— Vous ne faites pas de blagues, n'est-ce pas? On va vraiment y aller?

— C'est promis! a dit Boum Boum en souriant. Il ne manque qu'un bénévole avec une grosse voiture.

— Ne cherchez plus! a lancé mon père en se levant d'un bond. Votre bénévole se trouve ici même. J'ai loué une fourgonnette à sept places!

Les yeux ont dû me sortir de la tête comme ceux de Boum Boum.

— Tu es sérieux, papa? Merci!

— À ton service! a-t-il répondu en souriant.

Chapitre 5 ⎸⎸⎸⎸⎸

J'ai dicté ma dernière idée de titre dans le micro de mon magnétophone : « Aubin seconde l'entraîneur des Flammes. »

Ce n'était pas moi, mais mon père, qui se trouvait aux côtés de Boum Boum, derrière le banc des Flammes, pour leur match contre les Panthères du Palais oriental. J'étais ravi. Boum Boum a même laissé mon père faire l'allocution d'avant-match.

— Je me suis renseigné sur ces Panthères, a déclaré mon père à l'équipe avant la mise au jeu. D'après ce que j'ai pu comprendre, ils ne sont pas brutaux, mais ils sont sournois.

— Sournois? a répété Jean-Philippe. Qu'est-ce qu'ils font? Ils mettent de la colle magique dans le sifflet de l'arbitre? Ils détournent la resurfaceuse? Ils volent la rondelle?

— Non! s'est esclaffé Carlos. Tu es le seul à faire ça!

— Au hockey, être sournois veut dire faire des trucmuches quand on sait que l'arbitre a le dos tourné, a expliqué Boum Boum.

— Ils s'arrangent toujours pour ne pas se faire prendre, a confirmé papa. Et si vous essayez de leur rendre la pareille, c'est vous qui vous retrouverez au banc des punitions. Alors, essayez de rester calmes.

La partie a commencé. Nous avons su tout de suite que notre éclaireur avait dit la vérité. Je n'ai jamais vu autant de crochets et de retenues de ma vie.

Le plus sournois des Panthères est Luc Doucette, un élève de septième année. Cédric venait de gagner la mise au jeu, mais ce minus s'est penché pour retenir son bâton. Ça n'a duré qu'une seconde, et l'arbitre n'a rien vu. Mais c'était suffisant pour que Luc donne un coup de patin sur la rondelle en direction d'un de ses ailiers.

Les Panthères ont bientôt eu le contrôle du jeu. Chaque fois que les Flammes essayaient d'amorcer une manœuvre, un petit accrochage ou une obstruction bloquait l'attaque avant même qu'ils atteignent le centre de la patinoire. Puis les défenseurs des Panthères n'avaient qu'à renvoyer la rondelle dans la zone des Flammes d'un petit coup de bâton.

Ça s'est poursuivi de cette manière jusqu'à ce que Jean-Philippe décide de bloquer un tir de dégagement. Il a bondi dans les airs comme un sauteur en hauteur. Il était tellement concentré sur la rondelle qu'au lieu de la rabattre, il l'a attrapée. C'était un saut si athlétique et si spectaculaire que la moitié des spectateurs a applaudi. Ce n'est que lorsque le sifflet a retenti que nous avons compris notre erreur : fermer la main sur la rondelle vaut une pénalité de deux minutes.

— Bel attrapé! a dit Luc d'un ton narquois quand Jean-Philippe est allé s'asseoir sur le banc des punitions. Dommage qu'on ne joue pas au baseball!

— Je crois qu'on a besoin de s'exercer encore! a lancé Jean-Philippe à mon père.

— Ne t'en fais pas! a répondu mon père.

Nous aurions dû nous en faire, parce que les Panthères étaient implacables en situation de supériorité numérique. Les quatre Flammes ont adopté une formation en carré pour protéger Jonathan. Mais rien n'aurait pu arrêter Luc Doucette. Il avait un lancer du poignet incroyable, encore plus puissant que celui de Cédric. C'était le genre de lancer que la plupart des jeunes ne maîtrisent qu'à l'âge de 16 ans. Il pouvait envoyer la rondelle dans les airs à volonté.

Il s'est planté devant Jonathan et a attendu que ses ailiers lui fassent des passes. Ça n'a pas tardé. Puis, d'un mouvement des poignets, Luc a fait passer la rondelle par-dessus le gant de Jonathan. Elle s'est logée dans le coin supérieur du filet.

Les Flammes ont riposté. Cédric a réussi à se débarrasser des deux défenseurs qui le harcelaient. Il a dû faire une pirouette pour se dégager. Comme il n'était pas bien placé, il a effectué une passe du revers à Alexia, qui filait à la vitesse de l'éclair. Elle a projeté la rondelle dans le filet, entre les jambières du gardien. Égalité.

Les partisans des Flammes ont acclamé leur équipe. Je me suis levé en brandissant mon magnétophone pour enregistrer les cris de la foule. Seuls quelques parents, frères ou sœurs étaient venus encourager la plupart des équipes. Mais il y avait toujours beaucoup de Marsois aux matchs des Flammes.

Boum Boum a assené une grande claque dans le dos de Cédric.

— Bonne affaire!

Nous savions tous qu'il voulait dire « passe ».

— Beau lancer! a dit mon père à Alexia. Directement entre les jambières!

Ainsi, elle n'était pas assez bonne pour faire partie des étoiles, hein? Et puis quoi encore?

Le but a donné un regain de vie à l'équipe des Flammes. Cependant, juste avant la fin de la période, ce minable de Luc a réussi à faire trébucher Benoît sans se faire pincer. Puis il s'est emparé de la rondelle, s'est précipité vers le filet et *pow!* il a effectué un tir frappé court qui est passé au-dessus du gant bloqueur de Jonathan. C'était un lancer parfait, juste sous la barre horizontale. Il aurait fallu que Jonathan soit un homme caoutchouc pour pouvoir l'arrêter.

C'était 2 à 1 pour les Panthères à la première pause.

— Ce sont des maniaques! s'est exclamé Benoît en frottant sa jambe, à l'endroit où un bâton l'avait frappé. C'est comme jouer contre une bande de criminels!

— Et ce Luc! a renchéri Alexia. Les coups bas sont sa spécialité!

— C'est le genre de chic type avec qui je vais devoir jouer dans l'équipe des étoiles! a dit Cédric d'un ton ironique.

— Pauvre toi! a riposté Alexia d'un air faussement apitoyé.

— J'aimerais mieux l'avoir dans mon équipe que jouer contre lui! s'est exclamé Jonathan avec un regard craintif. Son bâton est une vraie baguette magique! Il peut faire des lancers levés aussi facilement que s'il tirait à pile ou face!

— Les Panthères nous devancent seulement d'un machin, a rappelé Boum Boum à l'équipe. Nous pouvons les battre si nous ne nous abaissons pas à leur bidule.

— Niveau, a traduit papa.

J'étais impressionné. Il fallait généralement passer des semaines avec Boum Boum avant de pouvoir interpréter ses paroles. Je ne savais pas que mon père était si intelligent!

La sirène a rappelé les équipes sur la patinoire.

Et bientôt, j'ai pu dicter dans mon magnétophone : « Bataille en dents de scie ».

Cédric a marqué un but qui a égalisé le pointage, 2 à 2. Puis les Panthères ont repris la tête. Kevin les a rattrapés avec l'une de ses fameuses attaques à reculons. Les Panthères ont rétorqué. Chaque but marqué par l'équipe adverse provenait de Luc, qui décochait toujours un lancer du poignet dans les airs.

D'accord, je ne suis pas impartial. Cela dit, l'équipe des Flammes était la meilleure. Leurs adversaires ne les devançaient qu'en raison des accrochages et retenues pour lesquels ils n'étaient jamais punis. Je me suis mis à qualifier les Panthères de tous les noms dans mon micro.

À un moment, nous avons eu chaud. Vers la fin de la troisième période, ce vaurien de Luc s'est dégagé et a décoché un autre excellent tir du poignet. Un centimètre plus bas, et il marquait un but. Le pauvre Jonathan s'est tapé la tête contre la barre en essayant d'arrêter la rondelle. Boum Boum a dû utiliser notre temps mort pour faire venir Jonathan jusqu'au banc et s'assurer qu'il n'était pas blessé.

Notre gardien était épuisé et en sueur.

— Je ne sais pas combien de temps je vais pouvoir continuer, a-t-il dit à l'entraîneur. Quand il arrive devant moi avec son drôle de bâton courbé...

Mon père a bondi sur ces paroles comme un chien sur un os :

— Courbé? Courbé comment?

Cédric, qui faisait face à Luc lors des mises au jeu, a tenté une approximation :

— Difficile à dire. Plus courbé que le mien, en tout cas.

Papa a regardé Boum Boum.

— Qu'est-ce qu'on fait?

Quand Boum Boum réfléchit, il lève ses yeux de mante religieuse au ciel. Cette fois, on ne voyait que le blanc.

Soudain, il s'est mis debout sur le banc :

— Arbitre!

— Votre temps est écoulé, a dit l'arbitre en s'approchant.

Notre entraîneur a désigné Luc Doucette.

— Le numéro machin-truc joue avec un bidule illégal. Je veux une gugusse!

L'officiel a dévisagé Boum Boum.

— Quoi?

L'équipe, mon père et moi avons tenté de traduire tous en même temps. De ce brouhaha, l'homme a été capable de saisir les mots « numéro 12 », « bâton illégal », « mesurer ».

Le silence régnait quand le chronométreur a tendu la boîte à mesurer à l'arbitre. Si le bâton était réellement illégal, la lame n'entrerait pas dans l'ouverture. Les Panthères recevraient donc une pénalité.

Nous avons tous retenu notre souffle. Si la courbe était acceptable, les Flammes écoperaient d'une pénalité pour avoir retardé le jeu. Avec un pointage de 4 à 3, nous ne pouvions pas nous permettre un désavantage numérique. Un autre but des Panthères creuserait un fossé infranchissable.

Cette crapule de Luc a essayé d'échanger son bâton contre celui d'un de ses coéquipiers, mais l'arbitre l'a vu.

Personne n'a donc été surpris de constater que la courbe était trop prononcée pour l'ouverture de la boîte. Le bâton était aussi illégal qu'un billet de trois dollars.

L'arbitre a brisé la lame du bâton avec son patin pour la rendre inutilisable. Luc s'est dirigé vers le banc des pénalités sous les huées de la foule.

Boum Boum a donné une tape sur l'épaule de mon père.

— Bonne idée, Michel!

Je savais déjà que mon père répondrait :

— À votre service!

C'était la première fois que les Flammes étaient en supériorité numérique, au cours de cette partie, et on aurait dit que les joueurs avaient conservé leur énergie pour ce moment-là. Tous les jeux de puissance auxquels ils auraient dû avoir droit ont été menés durant ces deux minutes. Les joueurs étaient impressionnants. Ils ont effectué neuf tirs au but avant que Carlos réussisse à marquer en déjouant le gardien par un mouvement rapide de derrière le filet; 4 à 4.

À partir de ce moment, le jeu est devenu étourdissant. Les deux équipes ont lutté de toutes leurs forces pour marquer le but de la victoire.

Luc a eu une ou deux occasions de marquer, mais sans son bâton « spécial », son lancer du poignet était plutôt mou et ordinaire. Jonathan prenait de plus en plus d'assurance face à lui.

Furieux, Luc a multiplié les coups bas. Il se ruait dans

les coins pour faire trébucher ses adversaires. Puis il a tenté d'accrocher Alexia.

Vous avez probablement compris qu'Alexia n'aime pas se faire bousculer. Après tout un match de coups bas, elle avait finalement trouvé le moyen de déjouer ces manœuvres sournoises. Quand le bâton de Luc lui a heurté la poitrine, elle l'a saisi de ses bras croisés, puis a fait une pirouette en entraînant Luc, qui tenait toujours l'autre bout du bâton. Avec un hurlement de terreur, Luc a décrit un demi-cercle comme s'il était attaché à un rotor d'hélicoptère. Puis Alexia l'a lâché.

Paf! Luc Doucette est allé percuter la bande. Je suis encore étonné qu'il ne l'ait pas défoncée.

— Dernière minute de jeu! ont crachoté les haut-parleurs.

Alexia a fait une passe à Benoît, qui s'est élancé à toute vitesse sur la glace. Il est le plus rapide des Flammes.

— Vas-y, Benoît! ai-je crié.

Il est passé devant le banc juste au moment où Marc-Antoine Montpellier franchissait la bande pour un changement de ligne. Bon, je ne veux pas dire que Marc-Antoine est lent. Sauf que pour le minuter, il faudrait utiliser un calendrier plutôt qu'un chronomètre.

C'était comme si une tortue se faisait emboutir par un lièvre. Benoît a percuté Marc-Antoine par-derrière. Quand la poussière est retombée, Benoît était étendu sur le dos et la rondelle était parvenue, on ne savait comment, sur la lame du bâton de Marc-Antoine.

Le style de patinage de Marc-Antoine consiste en une suite de petits pas brusques. On dirait qu'il file comme un dératé, alors qu'il fait pratiquement du surplace. Six de ses coups de patin équivalent à un coup de patin des autres joueurs.

Comme les Panthères n'avaient plus à s'occuper de Benoît, ils se sont hâtés de revenir dans leur zone. Alors, quand Marc-Antoine a franchi péniblement la ligne bleue, il n'y avait aucun joueur adverse pour le couvrir. Ils étaient tous rassemblés autour du filet.

Même si la technique de lancer de Marc-Antoine est meilleure que son coup de patin, elle est tout de même particulière. Nous l'appelons « le lancer balayé ». Il ramène la rondelle loin en arrière, puis la projette dans un long mouvement ample, comme s'il pelletait de la neige. Avec cinq défenseurs devant le but, le gardien était complètement caché. Tous ces bâtons et ces patins empêchaient Marc-Antoine de voir s'il avait marqué un but. Mais la lumière rouge qui venait de s'allumer ne laissait aucun doute. Pointage final : 5 à 4 pour les Flammes.

Dans le vestiaire, ce n'était que tapes dans les mains et claques dans le dos.

— Je n'arrive pas à croire qu'on a gagné! a crié Jonathan. Ils ont triché, et on les a quand même battus!

— Et quand ils ont mesuré le bâton! a lancé Kevin. Je n'oublierai jamais ça!

Bien entendu, Marc-Antoine recevait les félicitations de tout le monde. Il n'aurait pas pu choisir meilleur moment pour son premier but de la saison.

— Écoutez ça! ai-je dit en appuyant sur la touche de lecture de mon magnétophone.

Nous avons entendu : « Aaaaaah! Paf! »

— Qu'est-ce que c'est? a demandé Jean-Philippe, intrigué.

— Ça, c'est Luc Doucette qui percute la bande! ai-je répondu avec un gloussement.

L'équipe m'a fait jouer ce passage encore six fois. J'ai dû promettre à Alexia de lui en faire une copie.

Mme Blouin distribuait des barres de céréales au tofu et du jus de mangue quand mon père a surgi dans le vestiaire avec une grande boîte blanche.

— Approchez-vous! a-t-il lancé.

Quand tous les joueurs ont été rassemblés autour de lui, il a soulevé le couvercle.

— *Tadam!*

Nous n'en croyions pas nos yeux. C'était un énorme, magnifique, alléchant gâteau au chocolat! Ou plutôt trois gâteaux, chacun portant un numéro :

5 0 0

— C'est vrai! s'est exclamé Jonathan. Nous avons une fiche de 0,500, maintenant!

— Merci, monsieur Aubin, a dit Jean-Philippe.

— À votre service!

Papa avait apporté tout ce qu'il fallait : fourchettes de plastique, serviettes de papier et assiettes de carton portant le mot « Félicitations ».

Les Flammes ont dévoré les gâteaux comme des requins affamés. Qui aurait pu les blâmer? Entre le tofu et le gâteau, le choix était facile.

J'étais désolé pour les Blouin. Même si leur nourriture était infecte, elle était devenue une tradition d'après-match pour les Flammes. Et mon père venait de les détrôner avec ce délicieux dessert. Pourtant, l'entraîneur et sa femme ne semblaient pas froissés. En fait, ils ont chacun mangé un morceau de gâteau. Je ne me suis donc pas senti coupable d'en manger trois.

Cédric était le seul à se contenter de sa barre de céréales.

— Hé! a chuchoté Carlos. Es-tu fou? Tu manges du tofu au lieu du chocolat?

Cédric a haussé les épaules.

— Tu sais, je commence à m'habituer au goût.

J'étais stupéfait.

— Tu aimes vraiment ça?

— Mais oui, a-t-il répondu. Pourquoi pas?

J'ai compté toutes les raisons que j'aurais pu lui donner. J'ai abandonné à un milliard.

Chapitre 7

Une pensée m'obsédait : aucun Marsois dans l'équipe des étoiles. Chaque fois que je passais devant le tableau d'affichage, je fulminais.

J'étais furieux contre la ligue, mais j'étais aussi en colère contre moi-même. C'était mon rôle de journaliste de lutter contre cette arnaque. Et qu'est-ce que j'avais fait jusqu'ici? Rien du tout!

Mais qu'est-ce que j'aurais pu faire? Mme Spiro refusait de me laisser publier un numéro spécial de la *Gazette*. Elle ne voulait pas gaspiller de papier! J'ai presque craché sur le babillard. Le papier gaspillé, c'était l'annonce pour le club de Monopoly et celle du groupe de percussions de la maternelle. Les services de nutrition avaient aussi accroché deux pages sur les choux de Bruxelles! Tous les clubs, groupes, équipes et associations affichaient leurs prospectus un peu partout dans l'école.

Ça m'a donné une idée. Mme Spiro ne voulait pas que

je publie un numéro du journal, mais elle n'avait rien dit au sujet d'un prospectus! Je pourrais imprimer un texte réclamant l'intégration d'Alexia dans l'équipe des étoiles au nom de l'équité. Huit copies seraient suffisantes pour tous les couloirs de l'école. Si le cercle d'admirateurs de Barney le dinosaure avait droit à huit feuilles de papier, mon projet en méritait le même nombre! Je présenterais les officiels de la ligue comme les scélérats qu'ils étaient!

Je suis allé jeter un coup d'œil par la fenêtre. Parfait! La Subaru rouillée de Mme Spiro sortait justement du terrain de stationnement. La plupart des autres enseignants étaient déjà partis.

Je suis monté au deuxième étage. Coup de chance! La porte du bureau de la *Gazette* n'était pas fermée à clef.

La pièce était un vaste espace d'entreposage où on gardait le papier. Il y avait aussi un ordinateur, une imprimante et le vieux photocopieur de l'école. C'était loin de *Sports Mag*, mais c'était mieux que rien.

J'ai mis l'ordinateur en marche, puis j'ai écrit ce qui suit :

COMMENT PEUVENT-ILS DORMIR SUR LEURS DEUX OREILLES?

La Ligue Droit au but de Bellerive nous doit des explications. L'équipe des étoiles doit être composée des meilleurs joueurs de la ligue. Alors comment se fait-il qu'Alexia Colin n'ait pas été sélectionnée? Est-ce parce qu'elle vient de Mars? Ou parce qu'elle est une fille? Ou bien les deux?

J'ai décidé d'éblouir les lecteurs en ajoutant toutes les statistiques dont je disposais au sujet d'Alexia : les buts, les aides, le rapport plus/moins. J'ai parlé de ses mises en échec, de son coup de patin, de ses qualités de capitaine. Une fois terminé, mon texte aurait convaincu un singe qu'Alexia devait avoir sa place parmi les étoiles.

Je sentais en moi le pouvoir de la presse. La ligue n'insulterait pas impunément le village de Mars. Moi, Tamia Aubin, j'allais faire en sorte que les gens soient mis au courant.

J'ai imprimé la page. C'était très bien, mais il manquait quelque chose. Dans le milieu journalistique, on dit qu'une photo vaut mille mots.

J'en avais justement une. C'était la photo d'équipe des Flammes qui avait accompagné ma chronique du mois précédent. Je l'ai sortie du classeur pour la reproduire à l'aide du scanneur. J'ai regardé l'image apparaître à l'écran de l'ordinateur. Alexia, le visage sérieux, était dans la deuxième rangée. À l'aide de la souris, j'ai encadré sa figure. Puis j'ai agrandi l'image pour obtenir un gros plan de la capitaine des Flammes.

Soudain, j'ai entendu le bruit métallique du seau du concierge. Il venait d'arriver au deuxième étage, ce qui voulait dire qu'il serait là dans 10 minutes. Je devais faire vite.

J'ai imprimé la feuille avec le texte et la photo. Sans vouloir me vanter, c'était tout à fait magnifique. J'ai ensuite placé la feuille dans le photocopieur et j'ai sélectionné neuf copies (une de plus pour le gros babillard en face du bureau). Puis je me suis rappelé que le dernier numéro du journal était sorti tout pâle et décoloré. La machine manquait d'encre.

La plupart des photocopieurs sont alimentés par des cartouches qu'on insère simplement dans l'appareil. Mais cette vieille machine fonctionnait avec de l'encre sèche qu'il fallait verser dans un contenant sur le haut de l'appareil. J'ai pris la bouteille, j'ai dévissé le bouchon et j'ai commencé à remplir le réservoir. C'est alors que j'ai compris pourquoi Mme Spiro ne laissait pas les élèves se charger de cette tâche.

C'était difficile! L'encre était une fine poudre noire qui devait être versée lentement et soigneusement. Le concierge était à quelques mètres de la pièce. Je n'avais pas le temps!

Un nuage de poudre noire s'est formé devant mon visage.

— *Atchoum!*

En éternuant, j'ai échappé la bouteille. C'est une chose que je ne vous conseille pas.

Le contenant de plastique a rebondi sur le sol et s'est mis à glisser, répandant de la poudre partout. Ce truc est si fin et si léger qu'un énorme brouillard noir s'est élevé dans la pièce, tel un nuage orageux.

Désespéré, j'ai plongé vers la bouteille. Juste au moment où je m'élançais, j'ai inspiré une bouffée de poussière. J'ai été secoué par de violents éternuements pendant que je planais dans les airs.

Paf! J'ai foncé sur le photocopieur, tête première. Je ne sais pas si je me suis évanoui ou si tout est devenu noir à cause des nuages d'encre qui flottaient autour de moi.

Étourdi, je me suis relevé et je suis resté là, hors d'haleine, reniflant et m'accrochant au photocopieur comme si ma vie en dépendait. J'ai ramassé la bouteille. À part quelques grains au fond, elle était vide. J'ai revissé le bouchon. Ne me demandez pas pourquoi.

J'ai couru ouvrir la fenêtre. Quelle chance! C'était une journée venteuse. Des courants d'air sont entrés dans la pièce et ont emporté une partie de la poussière noire à l'extérieur.

J'ai baissé les yeux. J'étais noir comme du charbon. Je ne pourrais pas toucher les feuilles sans les salir. C'est alors que j'ai entendu le concierge siffler. Oh non! Il était à deux portes de là! Il fallait que je finisse mon travail et que je décampe!

J'ai appuyé sur le bouton de démarrage, puis je me suis précipité vers les toilettes, de l'autre côté du couloir. Le temps de me nettoyer, et les copies seraient prêtes. Je pourrais alors m'enfuir par l'escalier.

Quand je me suis vu dans le miroir, j'ai failli perdre connaissance. Je savais, bien sûr, que je m'étais sali avec toute cette encre. Mais j'avais l'air du coyote après que la bombe destinée à l'oiseau coureur lui a explosé à la figure : les yeux fous, les cheveux en bataille et le corps couvert d'une matière noire.

Je me suis savonné et j'ai frotté. J'ai réussi à en enlever pas mal, mais mon visage et mes mains étaient encore tachés. Et mes vêtements, je n'ai pu que les éponger avec une serviette de papier humide, ce qui a permis de retirer une partie de la poussière noire.

J'ai entrouvert la porte et sorti la tête pour m'assurer que la voie était libre. Zut! M. Sarkis était dans la classe voisine! Je me suis dirigé vers le bureau de la *Gazette* sur la pointe des pieds et, sans bruit, j'ai refermé la porte derrière moi. La scène qui m'attendait m'a presque donné une crise cardiaque!

Le photocopieur fonctionnait toujours, imprimant copie après copie. Le problème, c'est qu'aussitôt que mes feuilles sortaient de la machine, elles s'envolaient directement par la fenêtre!

Je me suis approché d'un pas chancelant pour regarder dehors. Il y en avait des centaines, et elles formaient comme un nuage blanc!

— Mais je n'ai fait que neuf copies! me suis-je exclamé d'une voix rauque.

Je suis allé vérifier l'afficheur. La machine était en train d'imprimer la 416e copie! C'était impossible! Puis j'ai remarqué le clavier numérique. J'avais dû appuyer sur d'autres chiffres par mégarde quand je m'étais relevé. Au lieu de 9, il était réglé à 945!

J'ai entendu un déclic. Une fraction de seconde plus tard, la porte s'est ouverte toute grande. M. Sarkis, horrifié, s'est figé dans l'embrasure en apercevant le carnage.

— Mais qu'est-ce...

Je l'admets : j'ai paniqué. J'ai jeté ma veste sur ma tête et me suis sauvé en courant. J'ai dévalé l'escalier et je suis sorti de l'école.

En me dirigeant vers l'arrêt d'autobus, je pouvais voir mes feuilles s'envoler une à une par la fenêtre.

— Voyons, monsieur Sarkis! Débranchez l'appareil! ai-je crié.

Je suppose que je n'aurais pas dû être si dur avec le pauvre homme. Ce genre de situation n'était probablement pas prévu dans les cours donnés aux concierges.

J'ai aperçu mon reflet dans la vitre de l'abribus. Je ne pouvais pas rentrer chez moi dans cet état. Je ressemblais à Pigpen, le gamin toujours sale dans *Charlie Brown*.

J'ai jeté un coup d'œil derrière moi. Des empreintes noires allaient de la porte de l'école jusqu'à l'arrêt d'autobus. Même si je pouvais me faufiler dans la maison sans que ma mère me voie, je laisserais des traces de poudre partout sur le tapis. Et comment lui expliquer ce qui était arrivé à mes vêtements? Quoi que je fasse, j'étais coincé!

Puis je me suis souvenu. J'avais deux parents dans cette ville, ces jours-ci!

J'ai franchi à toutes jambes le kilomètre qui me séparait de l'Hôtel de Bellerive. Je suis entré dans le hall sur la pointe des pieds, en espérant que personne ne remarquerait ma malpropreté.

— Ne bouge pas, le jeune!

Évidemment, le préposé à la réception était un lutteur de sumo. Du moins, il en avait le gabarit.

Je me suis mis à bafouiller :

— Je suis venu voir mon père. Il est représentant de commerce. Il est en ville pour quelques semaines!

— Qu'est-ce que c'est, ce truc noir? De la boue? a-t-il dit en me touchant. Hé, ça ne s'enlève pas!

Il en avait plein les mains.

— Tamia! s'est exclamé mon père en sortant du casse-croûte. Qu'est-ce qui t'est arrivé? Ça va, c'est mon fils, a-t-il dit à l'employé.

— Il travaille dans une mine de charbon?

— Où es-tu allé traîner, Tamia? a demandé mon père.

J'étais tellement habitué à affronter ma mère que j'ai automatiquement commencé à mentir.

— Heu, c'est de la cendre volcanique. Vois-tu, je fais un projet sur les volcans et...

Tout à coup, je me suis souvenu que c'était mon père qui était devant moi. Il était tout aussi excentrique que moi. Si quelqu'un pouvait me comprendre, c'était bien lui.

— Est-ce qu'on peut parler dans un endroit plus... privé? ai-je chuchoté.

— Allons dans ma chambre, a-t-il répondu. Mais enlève d'abord tes souliers. Tu répands de la poudre partout.

Nous sommes montés à l'étage et je lui ai tout raconté, de la sélection des joueurs étoiles jusqu'à l'irruption de M. Sarkis dans le bureau du journal.

— Je suis désolé d'arriver ici dans cet état, ai-je terminé. Mais je n'aurais jamais pu expliquer ça à maman. Jamais dans un milliard de siècles!

— Ça va, m'a-t-il dit. Il n'y a pas de problème. Est-ce que je vais au moins pouvoir lire cet extraordinaire pamphlet?

— Je n'en ai même pas de copie, ai-je gémi. Les feuilles s'envolaient par la fenêtre. J'ai fait tout ça pour rien!

Il a éclaté de rire, puis m'a proposé un plan.

— Bon, va d'abord sous la douche. Moi, je vais apporter tes vêtements à la laverie de l'hôtel. En sortant de la douche, téléphone à ta mère. Dis-lui que je suis allé te chercher après l'école et que tu soupes avec moi. D'accord?

J'aurais pu le serrer dans mes bras, mais il portait un beau costume et ne méritait pas ça.

— Merci, papa!

— À ton service!

Chapitre 8 ⟨⟨⟨⟨⟨

Il m'a fallu passer 40 minutes sous la douche pour enlever toute l'encre. Pendant que je parlais avec ma mère au téléphone, je me suis regardé dans le miroir. J'avais repris mon apparence humaine, sauf que j'avais un bleu sur le front. Bon, c'était assez facile à expliquer. Je m'étais cogné la tête. C'était la pure vérité. J'avais pratiquement défoncé le photocopieur avec mon crâne. J'étais chanceux d'être encore en vie!

La porte s'est ouverte.

— Qui veut des vêtements propres?

Mon père avait même lavé mes chaussures de sport. Je me suis habillé, puis nous sommes sortis souper. Nous traversions le stationnement quand *flap!* une feuille emportée par le vent s'est aplatie sur ma figure. J'étais sur le point de la jeter par terre quand j'ai lu les mots « COMMENT PEUVENT-ILS DORMIR SUR LEURS DEUX OREILLES? »

— C'est mon pamphlet! me suis-je exclamé, horrifié. Comment est-il arrivé jusqu'ici?

— Avec le vent, je suppose, a répondu mon père en haussant les épaules.

C'est alors que j'ai remarqué une foule d'autres papiers flottant dans la brise. De l'autre côté de la rue, une femme en a attrapé un et a commencé à le lire.

— Je suis fichu! ai-je gémi.

Papa a éclaté de rire.

— De quoi te plains-tu? Tu as fait ça pour attirer l'attention, non?

J'ai frissonné. J'avais la désagréable impression que j'allais attirer plus d'attention que je ne l'aurais voulu.

Le lendemain matin, j'ai considéré la possibilité de faire semblant d'être malade, puis je me suis ravisé. Ça aurait l'air trop suspect si j'étais le seul élève absent le lendemain du jour où quelqu'un avait saccagé le bureau de la *Gazette* et éparpillé 400 feuilles de papier dans la ville de Bellerive.

Je me suis donc levé. Je me suis brossé les dents, sans oublier la soie dentaire – 11 caries, vous vous souvenez? Ma mère était en bas, à répéter sa ritournelle habituelle :

— Dépêche-toi, Clarence! Tu vas manquer l'autobus!

J'ai regardé dans le miroir et j'en ai presque avalé ma brosse à dents. Le bleu sur mon front était spectaculaire. Pourtant, ce n'était pas le pire. Quand j'étais tombé la veille, ma tête devait avoir heurté le logo de métal du photocopieur. Sur mon front s'étalait le mot « Copymax » en rouge, mauve et bleu.

J'ai dû pousser un cri, car ma mère s'est précipitée au pied de l'escalier.

— Tout va bien, mon chéri?

— Oui, maman.

Ouais. Super bien. À l'exception de ce bleu qui annonçait à toute la population : « Le voilà. C'est lui le coupable. Arrêtez-le. Tuez-le. Il le mérite. »

Puis j'ai aperçu les produits de maquillage de ma mère sur l'étagère. J'étais sauvé! J'ai étalé du fond de teint sur mon bleu comme du liquide correcteur sur une faute de frappe. Ça fonctionnait! Enfin, c'était un peu grumeleux et bleuâtre, mais au moins, on ne lisait plus le mot « Copymax » en relief.

Maman n'a rien remarqué quand j'ai traversé la cuisine pour me diriger vers la porte.

Je me suis figé net en m'engageant dans l'allée. Il y avait une copie de mon pamphlet sur notre plate-bande. Une autre était coincée dans l'arbre du voisin. Je n'en croyais pas mes yeux. Ces papiers avaient franchi trois kilomètres pour parvenir jusqu'à Mars!

Dans l'autobus, tous les enfants avaient lu mon message et en discutaient.

— *Comment peuvent-ils dormir sur leurs deux oreilles!* a répété Jean-Philippe en gloussant. C'est génial!

— Tous les détails y sont! a renchéri Benoît. Je me demande qui l'a écrit?

— Qui, à ton avis? a répondu Alexia d'une voix basse

mais rageuse. Cédric Rougeau, évidemment! C'est lui qui n'arrête pas de protester parce que je n'ai pas été sélectionnée. Quand je vais tenir cette grande gueule, je vais offrir des vacances permanentes à ses dents!

J'ai frissonné et je me suis renfoncé dans mon siège.

Jonathan a levé les yeux au ciel.

— Tu ne pourrais pas accepter un compliment, pour une fois? Quelqu'un, nous ne savons pas encore qui, essaie de défendre tes intérêts. De défendre nos intérêts à tous! Pourquoi es-tu si fâchée?

Alexia a frappé sa feuille en prenant un air dégoûté.

— Personne ne va se battre à ma place, et surtout pas un clown comme Cédric Rougeau. C'est la chose la plus idiote que j'aie jamais vue! Ce n'est même pas ma photo!

— Hein? ai-je fait en m'approchant du groupe qui regardait par-dessus l'épaule d'Alexia.

Elle avait raison! J'avais dû encadrer le mauvais visage. La photographie était floue parce qu'elle était agrandie, et on ne pouvait pas vraiment voir la différence, mais...

— C'est Carlos! ai-je balbutié.

— Vraiment? a dit Carlos, flatté. Super! Ma photo est publiée!

— En tant que fille! a ajouté Jean-Philippe.

— Tais-toi.

— Assoyez-vous! a lancé Mme Costa. Nous entrons maintenant dans l'atmosphère terrestre.

— Vous savez, c'est impossible que ce soit Cédric, a dit Kevin d'un ton songeur pendant que nous reprenions nos places. Comment un enfant aurait-il pu distribuer des millions de feuilles en une seule nuit? Je parie qu'elles ont été lâchées d'un hélicoptère. Ce ne peut être qu'un adulte.

— Boum Boum, peut-être? a suggéré Benoît. Lui aussi trouve injuste qu'Alexia n'ait pas été sélectionnée.

— Impossible, a répliqué Alexia. Le texte est tout en français. Si c'était l'entraîneur qui l'avait écrit, il y aurait plein de trucmuches et de bidulotrucs.

— Mme Blouin parle bien français, a fait remarquer Carlos.

Jean-Philippe a claqué des doigts.

— Je parie que c'est M. Aubin! Il adore notre équipe! Et vous savez qu'il est le genre d'homme à faire bouger les choses. Il a même réussi à obtenir qu'on mette nos noms sur nos chandails!

Dans toute l'excitation, j'avais presque oublié ce détail. Mon père s'était entendu avec un de ses amis pour faire imprimer les noms des joueurs sur des bandes de tissu qu'ils pourraient ensuite coudre au dos de leur chandail. En tant que principal partisan de notre équipe, il était le suspect numéro un. Il fallait que je mette les choses au clair.

— Ce n'est pas mon père, ai-je dit aux autres. J'étais avec lui, hier soir. S'il avait planifié un projet de cette envergure, je m'en serais aperçu.

— Eh bien, dans ce cas, c'est qui? a demandé Jonathan. J'aimerais le rencontrer pour lui serrer la main.

— Tu ne peux pas serrer la main de quelqu'un qui a les deux bras cassés, a dit Alexia d'une voix basse.

Quand l'autobus est arrivé devant l'école, Cédric nous attendait. Il avait un feuillet à la main.

— Avez-vous vu ça? a-t-il demandé d'un ton excité quand nous sommes descendus de l'autobus. Qui l'a écrit?

Alexia l'a transpercé d'un regard acéré comme une flèche.

— Très habile, la vedette! Continue à faire croire que tu n'es pas la pire peau de vache de Bellerive.

Le pauvre Cédric a ouvert la bouche de stupeur. Alexia a chiffonné sa feuille et la lui a enfournée dans la bouche. Puis elle est entrée dans l'école comme un ouragan.

Cédric est resté là, la bouche pleine de papier.

— Qu'effe-que v'ai fait, fette fois? a-t-il marmonné.

L'école était une vraie maison de fous! On aurait dit que chaque élève avait apporté un ou deux pamphlets. Chacun disait en avoir vu bien plus, un peu partout en ville. J'ai dû entendre une douzaine d'histoires sur l'endroit où ils avaient trouvé leur copie : dans un arbre, sur une clôture, dans les airs, sur le pare-choc d'une voiture, dans la gueule d'un chien, et je ne sais plus quoi d'autre.

L'annonce de 9 heures m'a donné la frousse. Le directeur, M. Lambert, a pris le micro et exigé que le coupable se dénonce. En cours de français, Mme Spiro a tempêté au sujet du gaspillage de papier et de la bouteille d'encre sèche de cinq dollars. À la cafétéria, M. Sarkis nous a sermonnés à cause des dégâts qu'il avait mis quatre heures à nettoyer.

— Cette poudre est légère comme de la poussière, mais pire que de l'encre de Chine, rageait-il. Il y en avait partout!

Oui. Je suis au courant.

C'était une autre journée difficile pour les Marsois, mais moins pénible que je ne l'aurais cru. Pour chaque bozo de Bellerive qui était vexé, il y en avait un aussi qui reconnaissait le bien-fondé de nos arguments. Plusieurs filles se demandaient si Alexia avait été écartée de l'équipe parce qu'elle n'était pas un garçon.

Il y avait aussi Rémi Fréchette.

— Je vous avais dit qu'il ne fallait pas laisser entrer les Martiens dans la ligue! a-t-il déclaré en cours d'éducation physique. Ils ne font que causer des problèmes depuis...

Paf!

Cette andouille aurait mieux fait de ne pas parler pendant une partie de ballon chasseur. Surtout quand Alexia jouait.

— Hé, Tamia! a lancé Jean-Philippe. Qu'est-ce qu'il y a sur ton front?

Mon front?

— Il faut que j'aille aux toilettes! ai-je crié avant de sortir du gymnase.

En passant devant le miroir du vestiaire, j'y ai jeté un coup d'œil.

— Oh non!

Pendant que je jouais au ballon chasseur, j'avais transpiré et la sueur avait délavé le fond de teint. Mon bleu était de nouveau apparent, avec les lettres multicolores en relief : « Copymax ».

C'était une catastrophe! Si l'un de mes enseignants voyait mon visage et tirait les conclusions qui s'imposaient, j'étais dans le pétrin. Je devais cacher ce bleu. Sauf que le maquillage de ma mère était chez moi, à trois kilomètres de là!

J'ai regardé autour de moi en cherchant une solution. Si j'enlevais mon caleçon et l'enroulait autour de ma tête, est-ce qu'on verrait qu'il ne s'agissait pas d'un foulard? Soudain, j'ai aperçu la boîte des objets perdus. Je me suis jeté dessus. Des chaussettes, des lacets, un muffin au son... Quel genre d'idiot apporte un muffin en éducation physique? Ah, voilà!

J'ai sorti un petit bandeau et l'ai glissé sur ma tête. Il me serrait comme un python. En plus, il était rose vif, avec un palmier sur le devant. Au moins, il ne portait pas le mot « Copymax ».

— Tout va bien, Clarence? m'a demandé M. Valois quand je suis revenu au gymnase.

— Oui. Je suis juste allé chercher mon bandeau.

Jean-Philippe m'a dévisagé :

— C'est à toi? Ça fait deux ans qu'il est dans cette boîte!

— J'étais trop occupé! ai-je répondu d'un ton sec.

Être journaliste est un travail hyper stressant.

Chapitre 9

— Regarde-moi ça! a dit ma mère en traversant le pont de Bellerive. Tous ces papiers qui jonchent les rues. Il y en a jusqu'à Beaumont! Selon Mme Colin, Alexia pense que le petit Rougeau est responsable.

— Ce n'est pas Cédric, ai-je rétorqué.

— Comment peux-tu en être certain?

— Je suis le journaliste de l'équipe. Les journalistes sont au courant de tout.

Elle m'a lancé un regard en biais :

— Sais-tu qui a fait ça?

Il y avait deux réponses possibles : la vérité ou ce que j'ai dit :

— Non.

— Désolée, Clarence, a dit maman. J'avoue que je t'ai soupçonné d'être mêlé à cette histoire. C'est à cause du bandeau. Comme il est rose, j'ai cru que tu le portais pour manifester ton appui aux filles, afin qu'elles soient acceptées dans l'équipe des étoiles.

— Tu ne connais rien à la mode! lui ai-je dit d'un air insulté. Ce bandeau est le dernier cri. Tout le monde en porte à l'école.

En fait, la seule raison pour laquelle j'endurais cet instrument de torture trop serré était que je n'avais pas pu trouver de casquette qui descendait assez bas pour cacher mon bleu.

Après avoir garé la voiture, nous nous sommes dirigés vers la porte de l'école, surmontée d'une pancarte où on pouvait lire : BIENVENUE À LA SOIRÉE PARENTS-ENSEIGNANTS.

Les couloirs étaient remplis d'élèves accompagnés de leurs parents. Pas un seul ne portait de bandeau rose orné d'un palmier.

Kevin m'a fait signe à travers la foule.

— Tamia! Tu portes toujours ce truc rose?

Maman m'a jeté un regard soupçonneux :

— La dernière mode, hein?

Oups.

— Tu veux que j'aie un esprit indépendant, non?

— En tout cas, tu ne manques pas d'esprit d'à-propos! Vite, nous sommes en retard. Espérons que Mme Spiro n'a pas commencé avec un autre parent.

Ses hauts talons cliquetaient rapidement dans le couloir. Ma mère prend les questions scolaires très au sérieux. J'ai dû me hâter pour la rejoindre à la porte de la classe de Mme Spiro.

Nous avons vu en même temps qu'il y avait un autre parent dans la classe. C'était mon père!

Il devait avoir raconté une blague, car Mme Spiro riait à gorge déployée. Papa connaît beaucoup de bonnes blagues. C'est un truc de vendeur. Il devait en avoir raconté une super tordante pour dérider Mme Spiro, elle qui n'a aucun sens de l'humour!

Papa m'a vu entrer :

— Nous étions justement en train de parler de toi, Tamia! Heu, Clarence, je veux dire, a-t-il ajouté en voyant le regard désapprobateur de maman.

— Bonjour, papa!

— Comment Clarence travaille-t-il? a demandé ma mère à l'enseignante.

— Numéro un! a dit papa. Et maintenant, si on allait manger une pizza tous les trois? C'est moi qui vous invite!

— Laisse-moi d'abord parler à Mme Spiro, a insisté ma mère, avant de se tourner vers l'enseignante. Clarence joue au journaliste depuis des mois dans le cadre de son cours de français. J'aimerais que quelqu'un d'autre que lui m'explique en quoi c'est bénéfique.

— Ne vous inquiétez pas, madame Aubin, a répondu Mme Spiro en souriant. Quand Clarence écrit au sujet des Flammes, il travaille beaucoup et ses textes s'améliorent. J'aimerais seulement qu'il s'en tienne à ce sujet et passe moins de temps à parler de bonbons durs.

— Ce problème est réglé, a déclaré maman à l'enseignante.

Le regard qu'elle m'a lancé était à tout le moins radioactif. Comme si on pouvait avoir une carie rien qu'en écrivant ces mots!

Papa a tenté de venir à ma rescousse en changeant de sujet.

— Hé, mon gars, lequel est ton pupitre? Celui-là?

Ce n'était pas difficile à deviner. J'avais inscrit les mots *Sports Mag* dessus avec un marqueur lavable.

Mon pupitre était un vrai dépotoir, rempli à craquer. Mon père a essayé de sortir un cahier. Comme il était coincé, il a tiré d'un coup sec.

— Non, papa!

Tout le contenu de mon pupitre a explosé sur ses genoux : des papiers chiffonnés, des cahiers écornés, un boomerang en plastique, une vieille chaussette, un contenant de soie dentaire (intact) et – non! – la boule phosphorescente aux fruits que papa m'avait donnée après le souper, le soir du désastre de la *Gazette*.

Je me suis précipité pour l'attraper après le premier rebond et l'ai cachée dans la poche de ma chemise. Cette boule mauve a été visible tout au plus une seconde et demie! Mais ma mère est née avec un radar à bonbons durs. Non seulement elle peut reconnaître une boule phosphorescente à travers un blizzard de bric-à-brac, mais elle peut aussi deviner qui me l'a donnée.

— Michel! Pourquoi lui donnes-tu encore des bonbons?

Mon père n'a pas répondu « À ton service », cette fois. Il n'a même pas ouvert la bouche.

J'ai aussitôt compris deux choses. D'abord, cette boule phosphorescente ne passerait jamais mes lèvres. Ensuite, la soirée pizza n'aurait pas lieu.

Je m'attendais à endurer un des fameux sermons de ma mère. Au lieu de ça, nous avons roulé jusqu'à Mars dans le silence le plus complet. C'était encore pire que de me faire réprimander.

Finalement, en entrant dans la maison, je n'ai pas pu m'empêcher de dire :

— Ce n'est pas papa qui m'a donné cette boule! C'était... un échantillon gratuit!

— Du club des gros bonbons durs, je suppose? a-t-elle répliqué d'un ton ironique.

Un mauvais menteur devrait toujours éviter les histoires compliquées.

Puis ma mère a fait une chose inattendue. Elle a souri.

— Te souviens-tu quand tu avais 10 ans et que ton père avait promis de t'emmener à la pêche à la mouche?

J'ai hoché la tête. Je m'en souvenais très bien. Comment aurais-je pu l'oublier?

— Il avait tout acheté, a-t-elle poursuivi. Une canne et un moulinet, une boîte pour l'équipement, et même un chapeau avec des leurres. Tu t'es levé à 4 heures du matin et tu as attendu sous le porche, dans ces cuissardes trop grandes pour toi...

— Et il n'est pas venu, ai-je conclu d'un ton morne. J'ai attendu jusqu'à midi.

— Je ne dis pas que ton père n'est pas quelqu'un de bien. Nous savons tous les deux que ce n'est pas vrai. Mais les gens qui se fient trop à lui finissent généralement par être déçus. Tu comprends?

Je me suis affalé sur le canapé.

— Sois réaliste, maman! Je n'ai plus 10 ans!

— Non, tu en as 11.

— Presque 12, ai-je insisté. Ce que je veux dire, c'est que je connais papa. C'est moi qui suis resté en plan avec un kart à moitié fichu avant la course. C'est moi qui ai fait voler mon cerf-volant tout seul pour le concours père-fils. Quand on passe huit heures dans des cuissardes de caoutchouc par une journée d'août torride, ça donne une leçon. En plus du pied d'athlète!

— Tu as 11 ans, mais bientôt 30! a-t-elle dit en riant.

— Je sais bien que papa est ici pour son travail, ai-je continué. Un de ces jours, son travail va l'emmener ailleurs. Mais ça ne veut pas dire que je ne peux pas profiter de sa présence pendant qu'il est ici.

— Bien sûr que tu peux apprécier sa compagnie, a acquiescé ma mère. C'est un homme fantastique. Je voulais juste te ramener sur terre. Je ne veux pas que tu sois déçu.

— Ne t'en fais pas. Tu devrais voir à quel point les joueurs de l'équipe aiment papa! Jean-Philippe veut pratiquement l'adopter! Il aide beaucoup l'entraîneur. Et il va nous accompagner à Montréal pour la finale!

Maman avait l'air inquiète.

— Il faudrait peut-être prévenir les Flammes...

— Tu veux rire? me suis-je écrié. Papa va même obtenir les noms des joueurs pour qu'ils les cousent sur leurs chandails! Il a tout organisé avec quelqu'un qu'il connaît.

— Ton père connaît toujours « quelqu'un », a dit doucement maman.

— Même les Pingouins n'ont pas leurs noms sur leurs chandails! ai-je insisté.

— Souviens-toi, a-t-elle répété. Toi et moi, nous connaissons ton père. Ce n'est pas le cas de l'équipe.

J'étais fâché contre elle. Que voulait-elle que je fasse? Que j'aille voir les Flammes pour dénigrer mon propre père? De plus, comment savait-elle qu'il n'avait pas changé, du moins un peu? Peut-être qu'elle était jalouse parce qu'il savait s'amuser et s'intéressait au hockey, alors qu'elle se préoccupait de dentiste et de bulletins, et jetait des bonbons durs tout neufs dans les toilettes? Papa était presque un membre des Flammes, à présent. S'il y avait une chose que j'avais apprise depuis que Mars avait une équipe, c'était que la loyauté était primordiale.

J'ai fait mes devoirs dans ma chambre, ce soir-là, en signe de loyauté envers papa, mon coéquipier.

Juste avant d'aller au lit, une idée qui me trottait dans la tête depuis quelques jours a refait surface. Le gâteau géant que mon père avait acheté pour célébrer la victoire des Flammes... C'était très gentil de sa part, mais il avait dû commander ce gâteau *avant* le match. Et si nous avions perdu? La fiche de l'équipe n'aurait pas été de 0,500, et le gâteau aurait fini à la poubelle. *Les* gâteaux, en fait.

Commandés exprès pour l'occasion. Cela devait bien valoir 50 $!

J'ai secoué la tête. Pourquoi m'inquiéter ainsi? Nous avions gagné. Le gâteau était un cadeau généreux, idéal, fantastique, provenant d'un parent plein de fierté. Et pourtant...

Bon, assez réfléchi. Je me suis couché et j'ai allumé mon radio-réveil.

« Si ces statistiques sont véridiques, a déclaré l'annonceur, alors elle doit faire partie de l'équipe des étoiles. »

Je me suis redressé dans mon lit. L'équipe des étoiles? Elle?

« On aurait dû limiter les équipes de la ligue à la ville de Bellerive, s'est plaint un auditeur au téléphone. Cela nous aurait évité bien des problèmes... et un grand nettoyage. On parle de centaines de pamphlets! Ils devraient arrêter les responsables. »

« Il faut être juste, a dit un autre auditeur. Je ne voulais pas des Martiens non plus, mais maintenant qu'ils sont là, il faut les considérer sur le même pied que les autres. Même lorsqu'il s'agit d'une fille. »

Un instant! C'était l'émission *Parlons sports*, destinée aux adultes. Tous ces auditeurs étaient des grandes personnes! Ils discutaient habituellement de Wayne Gretzky et de Jerry Rice, pas d'Alexia Colin et de la Ligue Droit au but de Bellerive! Qu'est-ce qui se passait?

La réponse m'est apparue en même temps qu'une

boule dans ma gorge, de la taille d'un golden retriever. Ma mésaventure dans le bureau de la *Gazette* avait dispersé tellement de feuillets que tout le comté les avait lus.

« L'auteur de ce texte a raison, a renchéri une auditrice. Comment, en effet, peuvent-ils dormir sur leurs deux oreilles? »

Oh, j'étais vraiment dans le pétrin! J'ai éteint l'appareil d'une main tremblante. Quand même, je n'ai pas pu réprimer un sentiment de fierté. Car on pouvait vraiment parler d'une mission accomplie! Alexia avait été flouée et tout le monde était au courant. Grâce à Tamia Aubin.

Et au pouvoir de la presse.

||||| *Chapitre 10*

Le samedi suivant, mon bleu n'avait même pas commencé à s'estomper. J'étais un panneau d'affichage vivant pour la compagnie Copymax. Je devais porter ce ridicule bandeau rose sans arrêt, même pour dormir. La dernière chose que je voulais, c'était que ma mère entre dans ma chambre durant la nuit et aperçoive mon front.

Je ne pouvais même pas changer de bandeau. Pas après avoir affirmé à ma mère que le rose était le nec plus ultra de la mode. Il me serrait comme un étau, mais au moins, j'étais certain qu'il ne tomberait pas. Un centimètre suffirait à dévoiler le pot aux roses. Toute cette histoire sur l'équipe des étoiles avait fait le tour de la ville.

Tous les Marsois, et même Cédric, ont tour à tour été appelés au bureau du directeur. M. Lambert nous a demandé si nous savions qui était le coupable. Le journal de Bellerive publiait un article par jour sur le sujet, donnant les commentaires des joueurs, des parents, des officiels de la ligue, et même du maire. Ce dernier a surtout parlé des sommes dépensées pour ramasser 400 feuilles de papier.

La seule personne qui se refusait à tout commentaire était la principale intéressée, Alexia elle-même. Ou alors, son volume était réglé si bas que personne ne pouvait l'entendre. Elle ne voulait pas se faire interviewer par le journal. Et quand j'ai mis mon magnétophone en marche dans le camion du magasin d'aliments naturels, alors que nous étions en route pour un match, elle me l'a arraché des mains. Sous mes yeux horrifiés, elle a retiré les piles et les a jetées dans un baril de cornichons biologiques.

— Hé! me suis-je écrié en me jetant sur le baril de plastique.

Juste au moment où je soulevais le couvercle, Boum Boum a abordé un virage en tête d'épingle. Une immense vague de marinade est sortie du contenant et a éclaboussé tous les joueurs. J'étais chanceux que le baril ne se soit pas renversé.

— Ah, zut! Tamia! s'est écrié Kevin en essuyant la saumure verdâtre sur le rétroviseur de son casque.

— Pouah! Ça pue! a ajouté Jean-Philippe.

— Ce n'est pas ma faute! ai-je protesté en repêchant mes piles et en rabattant le couvercle d'un coup sec.

J'ai fusillé Alexia du regard.

— Que fais-tu de la liberté de presse? lui ai-je lancé.

Il est impossible d'avoir le dessus avec Alexia, surtout quand elle est de mauvaise humeur.

— La presse est libre de s'occuper de ses oignons, a-t-elle répondu d'une voix calme.

Cédric nous attendait à l'aréna.

— Venez voir ça! s'est-il exclamé.

Il nous a précédés à l'intérieur et nous a conduits le long du couloir jusqu'à la petite pièce qui servait de bureau à la ligue. Nous avons regardé par la porte entrouverte. M. Fréchette, président de la ligue et oncle de Rémi (ils ont un air de famille : ce sont deux idiots), était assis derrière le bureau. Il était en train d'ouvrir une montagne de courrier.

— Je ne comprends pas, a dit Carlos en fronçant les sourcils. Pourquoi est-ce qu'un homme aussi méchant que M. Fréchette reçoit autant de courrier?

— C'est à cause du pamphlet! a dit Jonathan, tout excité. Les gens lui écrivent pour appuyer Alexia!

Cédric a hoché la tête.

— Toutes ces lettres ne peuvent pas venir uniquement de Mars. Beaucoup d'entre elles doivent provenir de citoyens de Bellerive qui trouvent cette décision injuste.

Alexia lui a lancé un regard méprisant.

— Tu ne peux vraiment pas t'empêcher de parler de tes précieux pamphlets, n'est-ce pas?

— Ce ne sont pas *mes* pamphlets, a répliqué Cédric. Mais la personne qui les a écrits est un génie. Maintenant, toute la ville est au courant de ce qu'on t'a fait.

— Ah oui? a-t-elle répondu d'une voix basse. Comment sais-tu que ces lettres ne félicitent pas M. Fréchette? Peut-être que les gens ne veulent pas qu'une Martienne vienne contaminer le grand Cédric Rougeau et sa brillante équipe d'étoiles!

— Je crois que tu te trompes, Alex, est intervenu Jonathan. M. Fréchette a l'air plutôt mécontent. Ce qui veut dire que beaucoup de gens nous appuient.

Il ne croyait pas si bien dire. Nous l'avons constaté quand les Flammes ont fait irruption sur la glace pour l'échauffement. Aussitôt qu'Alexia est entrée sur la patinoire, les spectateurs ont poussé des cris aigus, avant de scander :

— Alexia! Alexia! Alexia!

J'ai tripoté mon magnétophone pour enregistrer la foule. C'était incroyable! Les gradins étaient remplis à craquer. C'est vrai que les Flammes attirent toujours beaucoup de spectateurs, mais cette fois-ci, il n'y avait pas que des Marsois. On aurait dit que toutes les filles des écoles primaires des environs étaient venues assister au match. Quelqu'un avait dû fabriquer des pancartes, parce qu'un grand nombre de spectatrices en agitaient dans les airs. Elles représentaient une silhouette féminine stylisée (comme celle qu'on voit sur la porte des toilettes des filles) à l'intérieur d'une grosse étoile.

Boum Boum était stupéfait.

— D'où viennent toutes ces bidules? Et pourquoi ont-elles des trucmuches?

Mon père a jeté un coup d'œil aux pancartes et a souri.

— Vous ne comprenez pas? Les filles peuvent être des étoiles! C'est pour appuyer Alex!

Il m'a fait un clin d'œil entendu. C'était plutôt génial de

partager ce secret avec lui. Si vous aviez vu comme il avait ri la première fois que je lui avais montré mon bleu Copymax. Ça m'avait presque fait oublier le pétrin où je me trouvais.

Je m'attendais à ce que les choses se calment, une fois le match commencé. C'est plutôt le contraire qui s'est produit. Les spectatrices poussaient des cris chaque fois qu'Alexia touchait à la rondelle. Si Alexia l'avait pu, elle se serait cachée sous la glace.

Nos adversaires étaient les Avalanches de la Plomberie du Plateau. C'était une équipe plutôt nulle, à l'exception du gardien, Lucas Racicot, qui avait été sélectionné pour l'équipe des étoiles. Les Avalanches n'avaient pas l'habitude de jouer devant tant de monde, et la foule exubérante les rendait nerveux. Bientôt, un élève du secondaire s'est attaqué à Alexia, la mettant en échec contre la bande.

Papa et Boum Boum ont réclamé une pénalité, mais leurs cris ont été noyés sous les hurlements des partisans d'Alexia. L'arbitre a levé le bras, et le coupable a patiné jusqu'au banc des punitions. Je crois qu'il était content d'aller s'asseoir là. Si l'arbitre l'avait envoyé dans les gradins, les filles l'auraient mis en pièces.

— Trucmuche machin-chouette! a crié l'entraîneur Blouin.

— Avantage numérique! a traduit mon père.

Je me suis penché en avant. L'amélioration du jeu de puissance était l'une des tâches dont l'entraîneur avait chargé mon père. Les résultats étaient évidents. Cédric a gagné la mise au jeu et fait une passe à Alexia, qui a exécuté un lancer frappé percutant.

— C'est un but! me suis-je écrié dans mon micro.

Tout à coup, Lucas Racicot a surgi de nulle part. Il a fait le grand écart et a repoussé la rondelle dans le coin de la patinoire. Carlos est allé la chercher et l'a passée à Kevin, à la pointe. Notre défenseur a fait une feinte, puis il s'est élancé vers le but à reculons. Juste avant l'enclave, il a passé la rondelle à Cédric, qui a effectué un tir du revers foudroyant en direction du filet.

— Il marque... ai-je commencé.

Sauf que Lucas a une fois de plus arrêté la rondelle. Les avants des Flammes se sont précipités pour se saisir du rebond. Lucas a réussi cinq autres arrêts spectaculaires avant de geler la rondelle.

Boum Boum et mon père ont échangé des regards peinés.

— Super machin, a dit l'entraîneur.

— Super gardien, a confirmé mon père.

Le jeu de puissance des Flammes ne faisait qu'une bouchée des pauvres Avalanches. Mais Lucas réussissait toujours à se placer devant chaque tir. Il a même réussi à déjouer l'une des feintes classiques de Cédric. À la fin de la première période, le compte de tirs au but était de 19 à 3 en faveur des Flammes, mais le pointage était toujours de 0 à 0.

— Dommage que nous n'ayons pas encore nos noms

sur nos chandails, a dit Jean-Philippe à mon père dans le vestiaire. Ça nous aurait été utile aujourd'hui.

— Comment ça? ai-je demandé, étonné.

— Nous aurions eu l'air si professionnels que nos adversaires auraient été démoralisés. Et ils auraient encore plus mal joué.

L'entraîneur avait des conseils plus concrets. En quelque sorte.

— Quand vous vous retrouvez dans un gugusse, ne perdez pas votre machin. Continuez à tirer sur le cossin. Il va finir par faire une patente.

— Une erreur, a traduit mon père.

Jonathan a enlevé son masque et s'est tourné vers sa sœur :

— Tu as vu tout le monde qui est venu t'encourager, Alex? Que penses-tu de ces pamphlets, maintenant?

Alexia l'a fait taire d'un regard qui aurait arrêté une horloge.

Au cours de la deuxième période, j'ai dicté ce titre dans mon micro : « Quelle frustration! »

Les Flammes surpassaient les Avalanches, tant par leur technique de patinage que par leurs mises en échec et leurs tirs au but. Malheureusement, Lucas était imbattable dans le filet.

— C'est comme essayer de marquer contre Dominik Hasek, s'est plaint Carlos après que son tir a été bloqué par le gardien des Avalanches.

— Ou contre un mur de briques, a renchéri Alexia.

— Ne nous affolons pas, a dit mon père pour les calmer.

Cependant, les Flammes commençaient effectivement à s'affoler. Constamment bloqués par Lucas, ils en faisaient trop pour parvenir à marquer. Et cela risquait de leur causer des problèmes.

Benoît s'est lancé dans une attaque si impétueuse qu'il n'a pas pu s'arrêter. Il a enfoncé ses lames dans la glace, mais le reste de son corps a continué sur sa lancée. Il a culbuté vers l'avant et a atterri dans le coin. Carlos s'est précipité pour saisir un rebond, mais il a trébuché et son casque a percuté un des poteaux du filet. Jean-Philippe était tellement tendu qu'il essayait de rabattre la rondelle chaque fois qu'elle s'élevait à plus de 15 centimètres de la glace. Il avait l'air de jouer au hand-ball, pas au hockey. Quant à Kevin, il était si essoufflé que son rétroviseur était tout embué et l'empêchait de voir où il allait. Il a subi quelques mises en échec cataclysmiques de la part des défenseurs des Avalanches. À un moment donné, il a même reculé directement dans la porte destinée à la resurfaceuse, est passé par-dessus la bande et a atterri dans un tas de neige à côté de la grosse machine.

Même Cédric frappait la rondelle sans réfléchir. La moitié de ses lancers rebondissaient sur le corps du gardien, et les autres étaient soit saisis par le gant de Lucas, soit arrêtés par son bâton ultra rapide. Il ne laissait rien passer!

Enfin, presque rien. Durant la troisième période, Jean-Philippe a bondi dans les airs pour rabattre un tir du revers dans le cercle de mise au jeu. Son gant a frappé la rondelle, l'expédiant dans le filet par-dessus l'épaule de Lucas. La lumière rouge s'est allumée et la foule s'est déchaînée.

Chapitre 11

L'arbitre a agité les bras.

— Pas de but! a-t-il décrété. On ne peut pas marquer avec la main!

— Allons donc! a grogné Jean-Philippe. Quelle règle idiote! Comment se fait-il qu'un grand sport comme le hockey ait une règle aussi ridicule?

Carlos lui a donné un coup de coude.

— C'était peut-être un autre événement surnaturel inexpliqué... comme la fois où la rondelle a disparu dans ton chandail!

— Arrête de te moquer de moi! a crié Jean-Philippe, le visage empourpré. Ça s'est vraiment produit!

J'imagine que les admiratrices d'Alexia ne connaissaient pas plus les règlements du hockey que Jean-Philippe. Elles étaient persuadées que les officiels n'étaient pas objectifs à cause de la présence d'une fille dans l'équipe des Flammes. Elles ont commencé à huer, puis à taper du pied sur les gradins de métal. Ça a créé un tel fracas que M. Fréchette est sorti de son bureau pour voir ce qui se passait.

Boum Boum a demandé un temps mort pour calmer son équipe. En fait, il était plus agité que les joueurs. Son crâne chauve luisait de transpiration et ses yeux globuleux brillaient comme des phares de voiture. Il a essayé de donner quelques conseils aux joueurs, mais n'a pu sortir que des bidules et des machins.

Mon père a dû prendre la relève.

— Calmez-vous, tout le monde, a-t-il ordonné. Vous agissez comme si vos adversaires avaient 10 buts d'avance, alors que le pointage est de zéro à zéro! Vous n'êtes pas en train de perdre!

Le jeu a repris et les choses sont allées de mal en pis. Un joueur des Avalanches a envoyé la rondelle à l'autre bout de la patinoire pour dégager sa zone, mais Kevin ne l'a pas vue dans son miroir embué. L'ailier a battu Kevin de vitesse et a projeté la rondelle devant le filet. Alexia a plaqué avec l'épaule le joueur qu'elle couvrait, mais la rondelle a heurté son patin et a dévié vers le défenseur à la pointe.

Paf! D'accord, ce n'était pas un lancer puissant; il était bas et plutôt lent. Pourtant, la rondelle a frappé le masque du joueur de centre étendu sur la glace, puis elle est entrée dans le filet, prenant Jonathan au dépourvu. Mon cœur s'est serré. Les Avalanches venaient de marquer le premier but du match!

Les Flammes ont cherché à marquer à leur tour, bombardant le gardien vedette de l'équipe adverse. Ils ont mené une attaque après l'autre, créant de multiples occasions de marquer. Le compteur de tirs au but a atteint 43 à 9 en faveur des Flammes. Mais le seul compteur qui importait était celui qui indiquait 1 à 0 pour les Avalanches.

Les Marsois hurlaient dans les gradins. Les admiratrices d'Alexia, pour leur part, commençaient à s'impatienter. C'est vrai que son jeu était solide. Toutefois, il faut être un adepte du hockey pour pouvoir apprécier les mises en échec, les passes et le jeu défensif. Ces filles étaient venues voir Alexia marquer une dizaine de buts et impressionner tout le monde.

Elles ont donc fait ce que font les gens qui s'ennuient : elles ont commencé à gigoter, à baisser leurs pancartes et à bavarder. Ce n'était pas très grave, sauf que des spectateurs ont voulu retourner le fer dans la plaie.

— Hé, la fille! a crié un garçon à Alexia. Qu'est-ce qui est arrivé à ton cercle d'admiratrices?

— On dirait qu'elles ont décidé d'avoir plutôt une soirée Tupperware? a lancé un autre.

— Pas de fille dans les étoiles! a scandé un abruti. Pas de fille! Pas de fille! Pas de fille!

— Taisez-vous! a crié Cédric en direction des gradins.

Carlos s'est penché pour harponner un joueur, pendant qu'Alexia s'attaquait au même joueur en lui donnant un coup d'épaule par-derrière. Le coup était si brutal qu'il a projeté non seulement l'ailier, mais aussi Carlos, dans les airs. Alexia s'est aussitôt emparée de la rondelle et s'est élancée sur la glace.

Imaginez un rhinocéros qui charge sur patins : voilà de quoi Alexia avait l'air quand elle s'est lancée à l'attaque. Elle n'a pas fait une seule feinte. Elle n'a même pas essayé d'éviter les défenseurs. Elle a juste foncé droit devant elle, à toute vitesse. Quiconque tentait de l'arrêter se faisait aplatir.

Cédric a surgi devant elle. C'était une stratégie qu'ils avaient répétée des centaines de fois : un changement de trajectoire pour tromper le gardien, une passe rapide, un lancer. Mais cette fois, Alexia était si concentrée qu'elle n'a même pas vu Cédric. Celui-ci a dû s'écarter de son chemin pour ne pas être écrasé par le rouleau compresseur.

Lucas s'est avancé pour réduire l'angle de tir. Au lieu de lancer, Alexia a accéléré. À travers le grillage du casque du gardien, on a pu voir ses yeux horrifiés au moment où il s'est rendu compte qu'elle allait foncer sur lui aussi.

Il a tenté de reculer, mais a trébuché. Pendant qu'il tentait de reprendre son équilibre, Alexia a fait glisser la rondelle entre ses jambières.

Dans les gradins, les filles se sont levées d'un bond en lançant leurs pancartes. L'espace d'un instant, une nuée d'écriteaux a flotté au-dessus de la patinoire. Puis la glace a été recouverte de cartons, sur lesquels les joueurs se sont mis à trébucher.

— Alexia! Alexia! Alexia! ont recommencé à scander les filles en chœur.

Des garçons ont entonné en même temps :

— Pas de fille! Pas de fille! Pas de fille!

Je me suis demandé si mon prochain article porterait sur un match de hockey ou sur une émeute.

— Silence!

C'était M. Fréchette, debout au centre de la patinoire, le visage tout rouge, qui criait dans le mégaphone de la ligue.

La foule s'est tue.

— La partie est officiellement terminée. Les Flammes perdent par forfait, les Avalanches remportent la victoire.

— Forfait? a répété Boum Boum. Mais pourquoi?

— C'est le règlement de la ligue, a répondu la voix amplifiée de M. Fréchette. Chaque équipe est responsable du comportement de ses partisans.

— Mais ce ne sont pas nos partisans! ai-je balbutié. Ce sont des étrangers! Des gens qui ont décidé de venir assister à un match!

Les joueurs des Avalanches célébraient leur victoire. Ils ont essayé de faire un tour triomphal, mais se sont retrouvés étendus sur les pancartes comme un jeu de quilles. Au moins, ils avaient gagné.

Cet imbécile de M. Fréchette a même décidé que les Flammes devaient rester à l'aréna pour nettoyer la patinoire. J'ai pensé que Boum Boum protesterait, mais l'entraîneur semblait plus préoccupé par la nécessité de calmer ses joueurs en colère. Je tremblais de rage. C'était ma faute. C'était mon pamphlet qui avait attiré ces filles ici!

Papa a deviné mes pensées.

— Calme-toi, mon gars. Tu n'es pas responsable.

— Mais notre fiche n'est plus de 0,500, me suis-je écrié. Après le gâteau, et tout le reste!

— Ça ira mieux la prochaine fois, a-t-il dit pour me rassurer.

Les filles ont continué de huer pendant quelques instants. Puis elles ont fini par comprendre que ça ne changerait rien et elles sont rentrées chez elles.

Lucas Racicot s'est arrêté en face d'Alexia.

— Elles ont raison, tu sais, a-t-il dit timidement. Tu aurais dû faire partie de l'équipe des étoiles.

Puis il est parti en zigzag, se servant des écriteaux éparpillés comme de pierres de gué.

Je savais que M. Fréchette avait entendu son commentaire. Il était là, juste à côté. Mais il a fait semblant de vérifier une ampoule brûlée sur le tableau de pointage.

Il a aussi fait mine d'ignorer ma nouvelle idée de titre, bien que je l'aie enregistrée pratiquement dans son oreille : « Une autre injustice à l'égard des Marsois! »

Chapitre 12 ⌊⌊⌊⌊⌊⌊

Le mercredi avant le tournoi des étoiles a eu lieu la Journée de l'esprit sportif, à l'école élémentaire de Bellerive. C'était un événement annuel; tous les élèves portaient un uniforme de sport, un écusson et une casquette à l'effigie de leur équipe. Même si nous étions toujours piqués au vif après le forfait de la fin de semaine précédente, nous étions gonflés à bloc. Les Marsois avaient, bien sûr, déjà participé à des sports à Bellerive. Mais pour nous, rien n'était plus important, pour le moment, que la Ligue Droit au but. Nous avions enfin notre propre équipe de hockey à encourager.

Les couloirs de l'école étaient un tourbillon de couleurs. Tout le monde arborait un logo d'équipe. Les casiers étaient ornés de fanions et d'autocollants. Même les enseignants prenaient part à la fête. Mme Spiro s'était glissée dans le costume de meneuse de claque qu'elle avait porté à l'école secondaire, pompons compris. M. Lambert personnifiait Shaquille O'Neal – mais un Shaquille O'Neal de petite taille, avec un gros bedon et une barbe rousse broussailleuse. M. McGinnis, un natif d'Écosse, avait pratiqué un sport étrange où il faut lancer un objet ressemblant à un poteau de téléphone – sans blague! Il s'est donc présenté à l'école vêtu d'un kilt qui violait, d'au moins sept centimètres, le règlement sur la longueur des jupes! Mais il n'a pas été puni. Lors de la Journée de l'esprit sportif, tout est permis.

Comme c'était la saison du hockey, on voyait surtout des chandails de la Ligue Droit au but de Bellerive. J'ai demandé à l'entraîneur Blouin de me prêter un chandail des Flammes. Sa couleur verte jurait avec mon bandeau, mais, bon, c'est difficile de trouver des vêtements de garçon qui vont bien avec le rose vif.

Toutes les équipes de la ligue étaient bien représentées. Les Pingouins, conduits par Rémi Fréchette et Olivier Vaillancourt, formaient le groupe le plus bruyant et le plus détestable de tous. Évidemment.

— Regardez-les, a dit Alexia avec un regard de mépris. Ils pensent qu'ils sont les maîtres du monde.

— Ils le sont, lui ai-je rappelé. Ils n'ont jamais été défaits, sauf la fois où nous les avons battus. Et, même là, c'était un coup de chance. Je n'aurais jamais pensé qu'ils seraient si bons sans Cédric.

— Au fait, où est Cédric? a demandé Jonathan.

Nous l'avons tous vu au même moment, debout devant son casier. Il portait un chandail du Canadien de

Montréal et une casquette à l'effigie du 32e Super Bowl.

Jean-Philippe avait l'air déçu.

— Il ne porte pas son chandail des Flammes!

— Il fait partie de l'équipe des étoiles, maintenant, a lancé Alexia, dégoûtée. Il est trop important pour faire preuve de loyauté envers les Martiens.

— Qu'est-ce que tu racontes? a dit son frère en lui jetant un regard surpris. Toi non plus, tu ne portes pas ton chandail!

— Ce n'est pas la même chose, a rétorqué Alexia d'un ton vertueux. Je ne porte pas le mien parce que je trouve ridicule cette Journée de l'esprit sportif.

— Peut-être que Cédric pense comme toi, ai-je suggéré.

Elle a fait la grimace.

— Alors, pourquoi participe-t-il à l'assemblée de cet après-midi?

— L'assemblée a pour but de souligner la réussite sportive et d'encourager les étoiles avant le tournoi, a répondu son frère en roulant les yeux.

— Ce qu'on va faire cette fin de semaine est encore mieux que de faire partie de l'équipe des étoiles! a dit Jean-Philippe avec enthousiasme. On va assister à la finale du tournoi et voir une vraie partie de la LNH! Et tout ça, grâce à ton père! a-t-il ajouté en se tournant vers moi.

J'étais ravi que l'équipe apprécie mon père, mais je devais rectifier son erreur.

— Écoute, Jean-Philippe, mon père est un bon gars, c'est vrai. Mais ce voyage est l'idée de Boum Boum. Et c'est lui qui a obtenu les billets pour le match.

On aurait dit que j'avais parlé à un mur. Jean-Philippe a poursuivi comme s'il n'avait rien entendu :

— En plus, ça va être super de patiner sur la glace avec mon nom sur mon dos : Éthier! Tu sais, mon père est comptable. J'aimerais qu'il soit aussi génial que le tien, a-t-il ajouté en me lançant un regard envieux.

Carlos est arrivé en courant, évitant les bâtons de hockey, les pieds et les cartables qui encombraient le couloir.

— Vous ne devinerez jamais ce qui arrive! a-t-il lancé, tout excité. Regardez ça!

Il a ouvert un magazine aux pages glacées. Je suis resté bouche bée en lisant le titre en haut de la page : *COMMENT PEUVENT-ILS DORMIR SUR LEURS DEUX OREILLES?*

— C'est le pamphlet d'Alexia! s'est exclamé Jonathan, ravi.

— De Cédric, tu veux dire, a-t-elle corrigé à voix basse.

Mon texte était reproduit dans un encadré, à côté d'un court article. Mon cœur battait à tout rompre pendant que je lisais ces lignes :

En cette époque de salaires et de contrats de commanditaires avoisinant les millions, il est facile d'oublier la passion et l'ardeur qui sont à l'origine de notre amour des sports. Dans une petite ville portant le nom inhabituel de Mars, les jeunes sont si outrés par l'exclusion d'une

89

coéquipière de l'équipe des étoiles qu'ils ont imprimé des centaines de ces pamphlets...

Alexia a sauvagement arraché l'article des mains de Carlos.

— Quelle sorte de magazine stupide publie de telles idioties? a-t-elle grogné en regardant la page couverture.

Mes yeux se sont écarquillés. C'était le dernier numéro de *Sports Mag*!

J'ai ravalé un « Youpi! » si énorme que ma tête aurait dû exploser. Cet encadré contenait *mon texte*! Et il était publié dans *Sports Mag*!

Un horrible sentiment d'amertume m'a envahi. Je ne pouvais le dire à personne! Si Alexia apprenait que j'étais l'auteur de ce texte, j'étais mort! Et si cette information parvenait à Mme Spiro et M. Lambert... C'était une perspective trop terrible à imaginer.

Il y avait tout de même une personne avec qui je pouvais partager cette merveilleuse nouvelle! Juste avant que la cloche sonne, je me suis rué sur le téléphone payant près du bureau et j'ai composé le numéro de l'hôtel de mon père. Ah, zut! Il n'était pas dans sa chambre! Et moi qui avais envie de crier cette nouvelle sur tous les toits!

Je ne pouvais pas rester déçu très longtemps durant la Journée de l'esprit sportif. Il y avait beaucoup trop d'animation.

L'excitation ne cessait d'augmenter à mesure que la journée avançait. À midi, l'atmosphère était telle dans la cafétéria qu'on aurait dit une réunion d'avant-match. J'ai laissé mon magnétophone fonctionner sur le banc. De cette façon, j'ai pu surprendre quelques conversations étranges : Qui était le meilleur? Gordie Howe ou Paul Kariya? Peu importe si 40 ans séparaient les carrières de ces deux joueurs! Wayne Gretzky était-il aussi doué pour le hockey que Michael Jordan pour le basketball? Et s'ils faisaient une partie de bras de fer, lequel des deux gagnerait? J'ai même entendu un élève de cinquième année parier que, si les Pingouins jouaient ensemble une fois adultes, ils pourraient battre l'équipe des Red Wings qui avait gagné la Coupe Stanley.

Complètement farfelu. Mais il faut dire que, dans un monde où l'un de mes textes pouvait être publié dans *Sports Mag*, tout était possible. J'ai essayé de joindre mon père à trois reprises pendant le repas. Pas de réponse.

Toutes ces folies ont mené à l'assemblée de 14 h 30, où l'école entière s'est entassée dans l'auditorium. J'ai pris place entre Jonathan et Jean-Philippe pendant que les meneuses de claque de l'école secondaire soulevaient l'enthousiasme de la foule.

L'équipe des étoiles était sur la scène. Je peux dire, sans craindre de me tromper, que certains des pharaons d'Égypte ont été moins adulés que ces joueurs. M. Lambert a insisté sur le fait que le trio ROC allait être réuni pour le tournoi. Cédric se trouvait entre Rémi et Olivier. Ces deux idiots avaient apporté la bannière du championnat de la ligue, qui était normalement suspendue au centre de loisirs. Ils l'agitaient à bout de bras comme des maniaques et, à chaque instant, la brandissaient à cinq centimètres du nez de Cédric. Le message était clair : « Nous sommes les tenants du titre, et pas toi! »

Lorsque M. Lambert a présenté le trio ROC, Rémi et Olivier ont reçu une ovation debout, alors que Cédric n'a été que mollement applaudi. On a entendu quelques sifflements, et quelqu'un a même crié : « Martien! » C'était tout à fait injuste. Cédric Rougeau venait de Bellerive, comme eux.

J'ai senti Jonathan se raidir à côté de moi.

— Crétins.

J'avais oublié tout ce que Cédric devait endurer parce qu'il faisait partie de notre équipe. Pas étonnant qu'il n'ait pas porté son chandail des Flammes. Il ne voulait pas envenimer la situation.

Puis le directeur a présenté M. Fréchette, qui avait une annonce à faire au nom de la ligue.

— Nous avons constaté qu'une erreur a été commise dans la liste des joueurs qui vont faire partie de l'équipe des étoiles, a-t-il déclaré. En effet, un nom a été omis. Je demanderais à Alexia Colin de bien vouloir se lever.

C'est ce qu'elle a fait, en pointant le menton presque jusqu'à la ville de Mars. Avec son air provocant, elle ressemblait à une capitaine au long cours au milieu d'un ouragan. Sauf qu'au lieu du vent et de la pluie, c'étaient des acclamations et des huées qui s'élevaient autour d'elle.

M. Fréchette lui a adressé un sourire glacial.

— Félicitations, Alexia. On dirait bien que tu vas te

joindre à l'équipe des étoiles pour le tournoi.

Jonathan, Jean-Philippe et moi nous sommes tapé les mains en signe de victoire.

— C'est à cause de *Sports Mag*, ai-je chuchoté. Ce magazine a beaucoup d'influence!

Des idées de titres se sont mises à tournoyer dans ma tête comme des M & M dans un mélangeur : *L'étoile de Mars*! *Une étoile féminine*! Et même : *Il était temps*!

Alexia a attendu que le silence revienne, puis a déclaré d'une voix douce :

— Je suis désolée, mais je dois me laver les cheveux la fin de semaine prochaine.

Sur la scène, Cédric s'est levé d'un bond :

— Quoi?

Ce « quoi? » s'est répercuté jusqu'à nous à travers la centaine de spectateurs.

M. Fréchette avait les yeux exorbités.

— Toute la fin de semaine? a-t-il fini par bredouiller.

Alexia a hoché la tête :

— J'aime avoir les cheveux très propres.

C'était une nouvelle incroyable! Personne n'avait jamais refusé de faire partie de l'équipe des étoiles, encore moins la seule fille à y être acceptée! Je me suis presque cassé le bras en essayant de sortir mon magnétophone de ma poche. Quand j'ai fini par le mettre en marche, tout ce que j'ai pu enregistrer était le silence consterné qui régnait dans l'auditorium.

J'ai donc chuchoté, à mon intention : « Ne pas oublier

d'acheter une centaine d'exemplaires de *Sports Mag* avant qu'ils soient tous vendus. »

Chapitre 13

Ça n'a pas été facile de faire mes bagages le samedi matin. Comme nous étions nombreux, chacun ne pouvait apporter qu'une petite valise. Maman voulait que je gaspille le peu d'espace dont je disposais pour y mettre des vêtements.

— Je suis un journaliste, pas un mannequin, lui ai-je rappelé. Je n'ai pas besoin de caleçons propres. J'ai besoin de piles pour mon magnétophone et d'un appareil photo avec un zoom.

— Eh bien, tu n'en as pas, Clarence. Alors, tu peux emporter des caleçons. Tu as aussi besoin d'argent de poche, a-t-elle ajouté en sortant un billet de 20 $ et en le tenant hors de ma portée. Je veux d'abord que tu me promettes de ne pas dépenser un cent pour un gros bonbon dur.

— D'accord, maman.

Je ne mentais même pas. Je n'avais pas l'intention de

dépenser un cent pour acheter des gros bonbons durs. Mais le reste de l'argent, c'est-à-dire 19,99 $, à quoi allait-il servir? À l'achat de gros bonbons durs, bien sûr!

Papa était censé venir me chercher à 10 heures, mais je n'y comptais pas trop. Mon père est toujours en retard pour ce genre de choses. J'ai donc été très surpris d'entendre la sonnette à 10 heures précises.

J'ai ouvert la porte.

— Bonjour, papa! Prêt à...

C'était Boum Boum.

— Désolé, monsieur Blouin. Je pensais que c'était mon père.

— Il n'est pas ici? m'a-t-il demandé avec une lueur d'anxiété dans ses yeux de mante religieuse.

— Pas encore. Pourquoi?

L'entraîneur semblait mal à l'aise.

— Je viens d'appeler à son machin. Le zigoto de la réception m'a dit qu'il avait quitté l'hôtel hier.

Ma mère est arrivée dans le couloir.

— Bonjour, Boum Boum.

Puis, en voyant le visage inquiet de l'entraîneur et mon air déconfit, elle a ajouté :

— Oh, non! Ne me dites pas que…

— Il avait peut-être un rendez-vous dans une autre ville hier, ai-je bredouillé, et c'est pour ça qu'il a quitté l'hôtel. Il va sûrement revenir aujourd'hui....

— Je vais téléphoner à la compagnie de location de voitures, m'a interrompu maman en disparaissant dans la cuisine.

Quand elle est revenue, elle avait une expression sérieuse.

— Il a rapporté la fourgonnette à l'aéroport hier matin.

— Ça alors… a dit l'entraîneur en prenant une profonde inspiration. Là, nous sommes vraiment dans la patente!

— Pourquoi n'a-t-il pas appelé? ai-je gémi.

Ma mère a haussé légèrement les épaules.

— Il ne voulait probablement pas te décevoir, Clarence.

— Mais il *avait promis*! ai-je insisté.

— Il va falloir trouver un moyen de caser 14 personnes dans seulement deux patentes! a murmuré Boum Boum d'un air songeur.

— Patentes? a répété ma mère.

— Voitures, ai-je traduit, sans pouvoir regarder ma mère dans les yeux. C'est ma faute! Tu m'avais prévenu, mais je ne voulais pas t'écouter! Maintenant, le voyage est à l'eau!

Oui, j'étais en colère contre mon père. Mais j'étais surtout fâché contre moi-même. Je savais qu'il ne resterait pas pour toujours, mais j'avais espéré que son départ aurait lieu plus tard. Je nous avais vus, l'équipe et moi, lui faire des signes de la main en le regardant partir. Je n'aurais jamais pensé qu'il nous abandonnerait avant le voyage! Je me sentais plus idiot que trahi. C'était l'histoire des cuissardes et de la pêche qui se répétait.

— Les joueurs vont me tuer! ai-je gémi.

— Mais non, a dit Boum Boum d'un ton qui n'était pas très convaincant.

— Je vais vous accompagner, a soudain déclaré ma mère.

Je l'ai fixée des yeux.

— Je croyais que tu devais travailler cette fin de semaine.

— Laisse-moi donner un ou deux coups de fil, et je vais me libérer, a-t-elle répliqué.

Le soulagement de l'entraîneur était évident.

— Vous nous sauvez la bébelle, Lisa!

— La vie! ai-je traduit. Tu es super, maman!

Nous, les journalistes, savons apprécier l'aide d'autrui dans l'adversité. Ce qu'elle faisait là équivalait à marquer le but de la victoire, à la dernière seconde d'une quatrième période de prolongation!

Le trajet entre Mars et Montréal était très long. J'avais un mal de tête lancinant, que mon bandeau trop serré aggravait. J'aurais donné un million de dollars en petite monnaie pour avoir un gros bonbon dur. Cependant, avec maman au volant, je voyageais avec mon garde du corps personnel. Ce qui n'aidait pas, c'était que Jean-Philippe et Carlos n'arrêtaient pas de parler de mon père.

— Je n'arrive pas à croire qu'il va manquer ce voyage, a dit Carlos. C'est dommage pour lui!

— Il n'est pas chanceux, ai-je acquiescé tristement.

Jean-Philippe était affolé.

— Que vais-je faire sans M. Aubin? Je commençais à faire des progrès dans le « rabattage » de la rondelle. Il m'a tellement aidé!

— Je suis certaine qu'il voudrait que tu continues à t'exercer, a murmuré ma mère d'un air absent.

Jonathan, notre troisième passager, était plus perspicace que Carlos et Jean-Philippe. Je pense qu'il avait compris que mon père nous avait abandonnés sans plus de cérémonies. Il s'est contenté de me dire :

— Désolé, Tamia.

Carlos était intarissable.

— J'imagine qu'il va apporter les noms pour les chandails quand il va revenir.

— Tu sais, Carlos, M. Aubin est très occupé, a dit ma mère avec douceur. Je ne crois pas que tu le reverras bientôt.

— Oh, je vois! a dit Jean-Philippe en hochant la tête. Il va nous les envoyer par la poste.

Quand il s'agit de faire des déductions, le pauvre Jean-Philippe raisonne comme un tambour.

Les trois véhicules qui transportaient l'équipe ont fait une pause dans une aire de repos, sur l'autoroute. Nous avons chacun commandé une boisson, et Mme Blouin a distribué des Mallomars.

Ça tombait bien : j'avais envie de sucré! J'ai pris une énorme bouchée... C'était du tofu! Nous nous sommes tous précipités aux toilettes, où les Mallomars ont péri par noyade.

— Dommage que Cédric ne soit pas avec nous, a dit Benoît. Il est le seul à aimer ces trucs.

Kevin a éclaté de rire.

— Peut-être que le tofu peut transformer un joueur en étoile!

— Non, a rétorqué Jonathan. Alexia a été choisie, et elle n'en mange jamais. Je suis certain qu'elle est dans les toilettes des filles en train de faire comme nous.

— Je ne comprendrai jamais ta sœur, a dit Carlos. Si on m'offrait une place dans l'équipe des étoiles, je ne me ferais pas prier!

— Comme tout le monde, a dit Jonathan en haussant les épaules. Sauf qu'Alexia n'est pas comme tout le monde. S'ils l'avaient choisie dès le début, elle serait avec eux en ce moment. Mais ils ne l'ont pas fait. Alors, ils ont manqué leur chance.

La plupart des joueurs ont changé de voiture pour le reste du trajet. Jean-Philippe et Carlos ont gagné à pile ou face, et sont donc montés avec Mme Blouin. Jonathan a pris place avec Boum Boum dans l'Express Machin. Benoît, Kevin et Marc-Antoine sont venus avec maman et moi. J'ai donc encore dû écouter trois gars désolés pour « ce pauvre M. Aubin » qui avait dû rater le voyage.

Nous sommes arrivés à Montréal vers 15 h 30 et sommes aussitôt allés à notre hôtel, celui où étaient aussi descendues les 16 équipes d'étoiles. Le hall était le quartier général du tournoi. Des tableaux d'affichage géants donnaient toutes les statistiques des matchs.

Les résultats des demi-finales de la journée venaient d'être affichés. L'équipe de la ligue de Trois-Rivières avait gagné son match. Ce n'était pas étonnant : cette équipe avait remporté le championnat l'année précédente, et voilà qu'elle allait encore participer à la finale. L'autre équipe gagnante était...

— On a gagné! s'est écrié Carlos.

Nous avons poussé des cris de joie. Les résultats étaient là : Bellerive 5, Marieville 2. Bon, c'est vrai qu'il n'y avait aucun Marsois dans l'équipe de Bellerive. Mais au moins, nous allions pouvoir encourager Cédric lors de la finale du lendemain.

J'ai sorti mon magnétophone pour prendre note des statistiques affichées. Cédric était le meilleur marqueur du tournoi, avec sept buts et cinq aides en seulement trois matchs. Avec ses 12 points, il serait sûrement élu Joueur le plus utile à son équipe. C'était six points de plus que le joueur en deuxième place – j'ai froncé les sourcils –, Rémi Fréchette. Et qui se trouvait en troisième place? Mon cœur s'est serré. Olivier Vaillancourt.

Le titre était évident. Même le pire des journalistes y aurait pensé : *Le trio ROC plus solide que jamais!*

Je ne pouvais me résoudre à le dire à haute voix.

— Wow, a fait Jonathan.

J'ai regardé autour de moi. De toute évidence, mes camarades pensaient comme moi, même les plus obtus d'entre eux. Les Flammes faisaient beaucoup d'efforts et s'amélioraient de jour en jour. Mais malgré ses bons résultats, l'équipe freinait Cédric. Maintenant qu'il avait retrouvé ses anciens coéquipiers des Pingouins, il dominait le tournoi.

— Je suppose qu'on ne reverra plus Cédric Rougeau, a dit sèchement Alexia. Il ne va sûrement pas revenir avec nous après cet exploit.

— Il est notre coéquipier, a protesté faiblement Jonathan.

— Notre ami M. Fréchette peut arranger ça, a-t-elle répliqué avec aigreur. Qui oserait refuser quoi que ce soit au célèbre Cédric Rougeau après ce tournoi?

Boum Boum s'est approché de nous avec une poignée de clefs.

— Vous serez deux par patente, a-t-il annoncé.

— Par chambre, a traduit sa femme. Allons porter nos bagages, puis retrouvons-nous ici dans 10 minutes.

Chapitre 14

L'entraîneur avait quelques courses à faire avant le souper. Ma mère et Mme Blouin nous ont donc emmenés visiter la ville. Comme nous n'avions pas souvent l'occasion de voir de grandes villes comme Montréal, nous nous sommes amusés à observer les grands immeubles et à marcher parmi la foule, au son des klaxons de voitures. Nous remarquions des détails auxquels les citadins ne prêtent plus attention : les taxis, les parcomètres, les sirènes des voitures de police, les laveurs de vitres juchés au sommet des gratte-ciel. On ne voit rien de tel à Mars, dont le plus grand immeuble est la maison de Carlos.

Boum Boum s'est joint à nous pour le souper, que nous avons pris dans un restaurant grec du centre-ville. Puis est arrivé le meilleur moment : le match du Canadien.

En entrant au centre Bell, je me suis rappelé que l'engouement pour le hockey était dans la tradition de cette ville, de Maurice Richard et Guy Lafleur aux vedettes d'aujourd'hui comme Steve Bégin et Cristobal Huet.

J'aurais été impressionné même si nos sièges avaient été dans la dernière rangée, derrière une colonne. Sauf que l'entraîneur nous avait obtenu des sièges dans la tribune de la presse. La tribune de la presse! J'étais épaté!

— Comme de vrais journalistes! me suis-je écrié. C'est génial!

Je me suis précipité sur la porte comme si j'étais projeté par un canon. Même si le match n'avait pas encore commencé, j'ai appuyé mon nez sur la vitre pour contempler la patinoire déserte.

Une voix râpeuse s'est élevée dans mon dos :

— Hé, le jeune! Tu laisses des traces sur la vitre. Certains d'entre nous doivent travailler, ici, tu sais!

— Moi aussi, je travaille, ai-je dit à l'homme aux vêtements chiffonnés assis derrière moi. Je fais un reportage pour la *Gazette* de l'école élémentaire de Bellerive.

— Bellerive? a-t-il répété. – Il semblait intéressé. – N'est-ce pas la ville où ils ont refusé de laisser une fille jouer dans l'équipe des étoiles?

— Vous avez lu l'article dans *Sports Mag*? ai-je demandé, ravi.

— Le jeune, c'est moi qui ai écrit cet article. Je suis journaliste de hockey pour *Sports Mag*. Daniel Francœur, a-t-il ajouté en me tendant sa grande main large.

J'étais ébloui en lui serrant la main.

— Comment avez-vous obtenu le pamphlet? Est-ce

qu'une feuille a volé jusque chez vous?

Il a éclaté de rire.

— Je suis arrivé au bureau un matin, et le feuillet était arrivé par télécopieur. Je ne me rappelle pas qui l'a envoyé. Un certain Michel.

Papa! Ça lui ressemblait bien! Qui d'autre aurait pu être aussi fantastique et horrible au cours d'une même semaine?

— Ça tombait à pic, a poursuivi M. Francœur. Je devais remettre un papier ce jour-là et je manquais d'inspiration.

Je l'ai observé. Une bosse révélatrice et familière est passée de sa joue droite à sa joue gauche. S'il n'avait pas eu de barbe, j'aurais eu l'impression de regarder dans un miroir.

— Est-ce que c'est... un gros bonbon dur? ai-je demandé.

— Oui, à la réglisse, a-t-il confirmé.

Je ne pouvais pas garder cette incroyable découverte pour moi.

— Maman! C'est le journaliste de *Sports Mag*! Il mange des gros bonbons durs!

— Est-ce que son dentiste roule en Rolls Royce? a-t-elle répliqué aussitôt.

Décidément, elle n'avait qu'une idée en tête.

J'ai présenté M. Francœur à l'équipe. Il n'a pas reconnu Alexia, mais avait l'impression d'avoir déjà vu Carlos quelque part.

— C'était ma photo sur le feuillet, a expliqué fièrement

Carlos. Mais tout le reste concernait Alexia.

M. Francœur était un homme très sympathique. Même quand j'ai admis que j'avais l'intention de lui voler un jour son boulot, il a continué d'être gentil avec moi. J'aurais été heureux ce soir-là, même si le Canadien n'avait pas été sur la glace. Mais l'équipe était bel et bien là! Et elle a joué de façon incroyable!

Nous applaudissions le Canadien, bien sûr, parce que c'était l'équipe locale. Mais comme elle affrontait celle de Calgary, nous encouragions cette dernière aussi puisqu'elle portait le même nom que notre équipe à nous.

Avec une égalité de 2 à 2, le match s'est poursuivi en prolongation. Nous avions la voix rauque à force de crier lorsque Steve Bégin a marqué le but de la victoire. Ravis de notre soirée, nous sommes rentrés à l'hôtel.

Jonathan et moi partagions la même chambre. Nous étions épuisés, mais trop excités pour dormir. Je me suis dirigé vers le téléphone.

— Allô, c'est le service aux chambres? Pourriez-vous envoyer un énorme bol de gros bonbons durs à la chambre 504, s'il vous plaît?

J'ai entendu un rire au bout du fil.

— Nous ne vendons pas de bonbons durs, mon gars, a répliqué la femme. De plus, un certain M. Blouin nous a prévenus de ne rien faire monter à vos chambres.

Découragé, j'ai raccroché.

— Je ne savais pas que l'entraîneur était si soupçonneux, ai-je dit à Jonathan.

— Je vais appeler Cédric, a décidé ce dernier. J'aimerais le féliciter et lui souhaiter bonne chance pour la finale de demain.

— Bonne idée.

Pendant que Jonathan parlait au téléphone, j'ai jeté un coup d'œil par la fenêtre, au cas où j'apercevrais un magasin de bonbons près de l'hôtel. Pas de chance.

Jonathan a raccroché avec un froncement de sourcils.

— On m'a dit, à la réception, que les joueurs étaient sortis pour célébrer leur victoire.

J'ai regardé ma montre.

— Il est passé 11 heures du soir. Ce doit être toute une fête!

— Peut-être qu'Alex a raison, a soupiré Jonathan. Cédric serait mieux sans nous.

Cette pensée a quelque peu assombri notre soirée. Nous avons appelé la chambre de Cédric à plusieurs reprises. Il était presque minuit quand nous nous sommes finalement endormis, épuisés.

Je me suis réveillé en entendant frapper à la porte. Quelqu'un criait dans le couloir :

— Monsieur Blouin! Réveillez-vous!

J'ai regardé le réveil : 1 h 17.

— Allez, réveillez-vous! C'est une urgence!

Jonathan et moi nous sommes empressés d'ouvrir. Dans le couloir, les vêtements froissés et les yeux hagards, se tenait Cédric Rougeau.

— Qu'est-ce qu'il y a? s'est écrié Jonathan.

— Où est l'entraîneur? a répliqué Cédric.

Ma mère est apparue dans le couloir, suivie d'Alexia.

— Qu'est-ce qui se passe? a-t-elle demandé. Pour l'amour du ciel, Clarence, ne me dis pas que tu dors même avec ce bandeau ridicule? a-t-elle ajouté en m'apercevant.

— J'arrive de l'hôpital! a dit Cédric d'une voix haletante.

— De *l'hôpital*? a répété Boum Boum en sortant de sa chambre, vêtu d'un pyjama à fleurs.

— M. Fréchette nous avait emmenés manger une pizza, a expliqué Cédric. Et maintenant, toute l'équipe souffre d'une intoxication alimentaire! Le médecin dit que c'est à cause du pepperoni!

— Tu n'as pas l'air bien malade, a dit Alexia d'un ton déçu.

— Je suis le seul à ne pas avoir mangé de pepperoni, a répliqué Cédric. J'ai choisi une pizza au tofu. Je vous avais dit que je commençais à aimer ça, a-t-il ajouté en haussant les épaules, embarrassé.

— Laisse-moi récapituler, a dit l'entraîneur. Tous les zigotos sauf toi ont mangé des machins, et maintenant, ils ont tous une gugusse?

— Ils sont malades comme des chiens, a confirmé Cédric.

Ma mère s'est alarmée.

— Est-ce qu'ils vont s'en remettre? a-t-elle demandé.

— Oui, mais ils ne pourront pas jouer demain!

Je venais justement de lire les règlements du tournoi.

— Alors, vous allez être remplacés par l'équipe perdante qui a obtenu le plus de points lors des demi-finales, ai-je informé Cédric.

— Personne ne va nous remplacer! s'est-il écrié obstinément.

— Tu as beaucoup de talent, Cédric, a déclaré Alexia. Mais tu ne peux pas remporter la partie tout seul. Tu dois être entouré d'une équipe.

— Mais j'ai une équipe! a-t-il insisté. Nous! Nous sommes tous membres de la Ligue Droit au but! Nous pouvons former l'équipe des étoiles!

Carlos et Jean-Philippe venaient de sortir dans le couloir, et c'est la première chose qu'ils ont entendue.

— Nous? a soufflé Carlos. Des étoiles? Mais comment...

— Les joueurs ont été empoisonnés, a expliqué Jonathan.

Carlos et Jean-Philippe ont jeté un regard horrifié à Alexia.

— Je n'ai rien fait! a-t-elle protesté. C'est à cause du pepperoni.

Au même moment, la porte de l'ascenseur s'est ouverte et M. Fréchette en est sorti, le visage vert et la démarche chancelante.

— Blouin, j'ai besoin de votre équipe!

Boum Boum a ouvert la bouche, et une avalanche de trucs-machins en est sortie.

— Nous n'avons pas nos affaires! Leurs cossins ne seront pas de la bonne pointure! Nous avons besoin de tous nos bidules!

Le président de la ligue a levé les bras pour demander le silence.

— Ne criez pas. Je viens de me faire pomper l'estomac.

Mes antennes de journaliste se sont mises à vibrer. La plus importante nouvelle de tous les temps était en train de prendre forme sous mes yeux, dans le couloir de l'hôtel. Il fallait que ça continue.

— Vous pouvez y arriver, monsieur Blouin! ai-je insisté. Vous avez les bâtons et l'équipement de l'autre équipe. Certains de leurs patins seront de la bonne pointure. Les joueurs qui n'en auront pas pourront en louer à la patinoire...

— C'est la seule solution, a ajouté M. Fréchette en ravalant ce qui semblait être un renvoi au goût désagréable. Sinon, on nous fera perdre par forfait.

— Et nous savons tous à quel point ce serait injuste, est intervenue Alexia d'un ton plein de sous-entendus.

Boum Boum a regardé ses joueurs en pyjama.

— Qu'en dites-vous? Voulez-vous faire partie des patentes?

La réponse lui est parvenue dans un torrent d'exclamations enthousiastes. C'était une histoire digne de la une de *Sports Mag*! Nous passions de l'absence de Marsois dans l'équipe des étoiles à une équipe d'étoiles formée entièrement de Marsois!

Le titre m'est apparu sans effort :
Les étoiles de Mars!

Chapitre 15

On a découvert qu'Alexia avait la même taille que Rémi Fréchette. Elle a donc porté tout son équipement, à l'exception des patins, qu'elle a dû louer.

Carlos a eu plus de difficultés. Il a pris les épaulières d'Olivier, le casque de Luc Doucette et deux coudières non assorties. Ses grands pieds étaient de la même pointure que ceux de l'entraîneur Morin.

Jean-Philippe a dû emprunter la culotte de hockey du Roi de la Couche, ce qui a bien fait rigoler Carlos :

— Hé, Jean-Philippe, ce sont des Huggies ou des Pampers?

Les jambières de Lucas Racicot arrivaient au menton de Jonathan, mais le reste de son équipement était de la bonne taille. Quant à Marc-Antoine le maigrichon, sa tête était la plus petite de toute la Ligue Droit au but. Boum Boum a dû tapisser le casque rouge de Thomas Coulombe avec une serviette de l'hôtel pour qu'il tienne en place. Quand Marc-

Antoine s'est levé, prêt à l'action, il ressemblait à une pomme glacée.

L'équipement de Xavier Giroux, y compris les patins, allait parfaitement à Kevin. Malheureusement, aucun rétroviseur n'était fixé à son casque. Mme Blouin a donc collé son poudrier à la grille. Ainsi, notre défenseur à reculons allait pouvoir patiner à son aise.

Aucun joueur des Flammes ne s'était attendu à jouer au hockey pendant ce voyage. Ils portaient donc des vêtements ordinaires sous leur uniforme. Carlos avait enfilé une chemise de soirée blanche, car c'était tout ce qui restait dans sa valise. Un col de dentelle dépassait du chandail d'Alexia. Kevin portait son haut de pyjama parce qu'il n'avait rien d'autre à manches longues. Jean-Philippe était vêtu d'un kangourou molletonné dont le capuchon était roulé en boule dans son cou. Il avait l'air du bossu de Notre-Dame.

L'atmosphère était tendue dans le vestiaire. Les joueurs étaient à la fois surexcités à l'idée de disputer ce match et tenaillés par la peur.

Jonathan a exprimé tout haut ce que ses camarades pensaient :

— Comment allons-nous les battre? Ce sont des joueurs étoiles, les meilleurs de leur ligue, alors que notre équipe est ordinaire... et même médiocre.

— Nous n'avons même plus notre moyenne de 0,500, s'est plaint Kevin.

— Comment ça, médiocre? s'est exclamé Cédric,

indigné. Ne dis pas ça!

— Oh, tais-toi, la vedette! a lancé Alexia. On vient peut-être de Mars, mais on peut lire le tableau des statistiques. Tu as besoin de nous seulement parce que le reste du trio ROC est en train de vomir!

J'ai cru que de la fumée allait sortir des narines de Cédric.

— Le trio ROC? Je ne peux plus supporter le trio ROC! J'ai détesté chaque minute de jeu que j'ai dû passer avec Rémi et Olivier. Je n'ai envie de jouer avec personne d'autre que vous! Je ne suis peut-être pas un génie, mais je sais reconnaître mes vrais amis!

Jean-Philippe a inspiré profondément.

— Je me sentirais mieux si M. Aubin était là.

Soudain, Boum Boum a fait claquer ses doigts.

— J'allais oublier! s'est-il exclamé. J'ai reçu ce colis aujourd'hui.

Il a vidé le contenu d'une boîte sur la table. J'ai écarquillé les yeux, bouche bée. C'étaient les noms des joueurs! Les lettres de soie blanche se détachaient sur un fond vert assorti au chandail des Flammes.

— C'est mon père qui les a envoyés? ai-je demandé à Boum Boum.

— La boîte nous attendait ce matin, à la réception du machin, a répondu l'entraîneur avec un sourire.

— Hourra pour M. Aubin! a crié Jean-Philippe.

Tout en poussant des hourras, les joueurs se sont jetés sur la boîte pour y trouver leur nom. Je ne pouvais détacher mon regard des bandes de tissu : ÉTHIER, ARSENAULT, A. COLIN, J. COLIN, ROUGEAU. C'était magnifique! Mais le plus beau, c'était que papa avait tenu sa promesse.

— Dommage qu'on ne puisse pas les porter, a dit tristement Jonathan.

Mme Blouin s'est avancée avec une boîte pleine d'épingles de sûreté.

— Nous les coudrons sur vos vrais chandails en rentrant à la maison. Mais pour aujourd'hui, nous pouvons les fixer avec des épingles.

C'est vrai que ça rappelait un peu Noël, ces bandes vertes sur des chandails rouges, mais lorsque l'équipe de Bellerive s'est élancée sur la glace cet après-midi-là, elle exhibait les noms de ses joueurs à la face du monde entier.

J'ai pratiquement flotté jusqu'à mon siège dans les gradins.

— Regarde, maman! Papa a envoyé les noms! Il a tenu sa promesse!

— Comment a-t-il su que les Flammes joueraient aujourd'hui? a-t-elle dit, déconcertée.

Quoi? Je n'avais pas le temps d'y réfléchir. On commençait à présenter les équipes.

L'équipe de Trois-Rivières était la première. Je n'ai pas pris la peine de noter les noms des joueurs. Je me suis contenté de les baptiser King Kong, Godzilla, Tyrannosaure, Homme des neiges… Bref, vous voyez ce que je veux dire. Ils étaient gigantesques. Le plus petit était de la taille de notre plus costaud, Carlos. Le plus grand devait avoir son propre indicatif régional de la compagnie de téléphone.

On a ensuite présenté notre équipe. Quel désastre! Je suppose que personne n'avait prévenu les officiels que les véritables étoiles étaient ailleurs, en train de se remettre de leur ingestion de pepperoni avarié.

— Numéro 7 : Rémi Fréchette. Numéro 8 : Luc Doucette...

Nos joueurs sont restés là, attendant en vain que leur nom soit prononcé. On aurait dit un numéro de comédie. Des éclats de rire ont fusé dans la foule. L'arbitre a cru que les joueurs faisaient les clowns.

— Vous devez avancer quand on dit votre nom! Pour qui vous prenez-vous? Pour des petits malins?

— Ou des petites malignes! a répliqué Alexia.

— Numéro 14 : Olivier Vaillancourt...

— Allons, où est Olivier Vaillancourt? a demandé l'arbitre.

— Il souffre d'une intoxication alimentaire, a répondu Benoît.

— C'est assez, a dit l'arbitre, furieux. Vous vous croyez trop importants pour qu'on vous présente?

— Numéro 16 : Cédric Rougeau.

Cette fois, l'annonceur avait le bon nom. Cédric s'est avancé pour recevoir une ovation, et l'arbitre s'est éloigné en marmonnant.

Puis ce fut la mise au jeu : Godzilla contre Cédric.

Cédric était plus rapide, mais Godzilla était si puissant qu'il a immobilisé le bâton de Cédric avec le sien. Cédric ne pouvait pas bouger. Alexia s'est élancée sur le gros centre pour le mettre en échec, mais elle a rebondi contre lui.

Godzilla n'était pas seulement fort. Il savait patiner et tricoter, et son lancer frappé était un vrai boulet de canon. Du point de vue de Jonathan, il devait ressembler à un train lancé à toute allure en direction du filet.

Je dois reconnaître que notre pauvre gardien a essayé de tenir tête à Godzilla. En vain. Huit secondes après le début de la partie, le compte était de 1 à 0 pour Trois-Rivières.

Oups! Ai-je dit 1 à 0? C'était plutôt 2 à 0. L'Homme des neiges venait de passer à travers nos joueurs comme s'ils avaient été des arbres, plantés là, enracinés.

On pouvait voir notre équipe commencer à s'écrouler. Les mouvements des joueurs se faisaient hésitants. L'équipe adverse sortait victorieuse chaque fois que les joueurs se ruaient sur la rondelle pour tenter de s'en emparer. On aurait dit que Jonathan bougeait au ralenti quand il essayait de bloquer la rondelle. Et quand il brandissait son gant ou avançait une jambière, il était évident qu'il ne s'attendait pas à réussir un arrêt.

Je me suis répété que l'équipe adverse avait remporté le championnat l'année précédente. Nul ne pouvait s'attendre à ce qu'une équipe ordinaire la supplante. N'empêche qu'il était tout de même pénible de voir nos joueurs se défendre si mal. Ils patinaient comme s'ils se déplaçaient dans un océan de caramel mou.

Le joueur que j'avais surnommé King Kong s'est lancé dans une attaque foudroyante qui l'a mené d'un bout à l'autre de la patinoire. Il écartait ses adversaires comme s'il ne s'agissait que de moustiques importuns. Arrivé devant Jonathan, il a fait une feinte... et marqué le troisième but de son équipe.

Alors que je croyais que rien de pire ne pouvait arriver, la situation s'est encore détériorée. L'équipe des étoiles de la ligue de Bellerive est entrée dans l'aréna. Je veux dire la véritable équipe des étoiles, avec les Pingouins et l'entraîneur Morin. Même d'aussi loin, leur teint semblait grisâtre. Au moins, ils ne vomissaient plus. Je sais que ce n'est pas loyal envers les Flammes, mais je me suis honnêtement demandé si ces zombis du pepperoni s'en tireraient mieux que leurs remplaçants sur la glace.

Évidemment, Rémi et Olivier sont venus s'asseoir derrière moi. Le fait d'avoir été malades ne les empêchait pas de dire des idioties.

— Ah, regarde ça! a grogné Rémi. Ils ont donné mon équipement à la fille!

— Ce n'est rien, a répliqué Olivier. Regarde qui porte mon chandail : Éthier! C'est l'idiot qui a fait disparaître la rondelle!

Je ne pouvais pas rester là sans réagir.

— Taisez-vous, les gars! ai-je dit sèchement en me retournant. Les Flammes vous rendent bien service!

À ce moment précis, Godzilla a marqué un autre but,

faisant passer le pointage à 4 à 0.

— Dis à tes amis martiens d'aider quelqu'un d'autre la prochaine fois, a lancé Rémi d'un ton méprisant. Ce match va entrer dans les annales sous notre nom!

Olivier a tiré mon bandeau, puis l'a relâché comme un lance-pierres.

— Aïe! ai-je crié avant d'ajouter, en les regardant droit dans les yeux : Oignons frits! Hamburgers ultra graisseux! Foie sauté au bacon!

J'ai vu, avec satisfaction, leur visage tourner au vert. Les lèvres serrés, ils ont porté les mains à leur ventre. Puis, sans un mot de plus, ils se sont levés pour se précipiter vers les toilettes.

Je sais, ce n'était pas gentil de ma part. Mais il fallait bien que je défende l'équipe. Elle n'était certainement pas en état de se défendre elle-même!

Les Flammes ont été chanceux de terminer la première période avec un retard de quatre buts seulement.

Dans le vestiaire, nous avons assisté à un spectacle que nous n'avions jamais vu auparavant : Boum Boum a piqué une crise.

— Vous jouez comme une bande de machins-chouettes! Ce match est un vrai trucmuche! N'avez-vous donc aucune patente?

Personne n'a eu besoin de traduction. Le message était clair : l'équipe de Trois-Rivières était excellente, mais elle n'avait pas vraiment besoin de l'être. Les Flammes filaient vers la défaite sans l'aide de qui que ce soit.

IIIII Chapitre 16

Les joueurs avaient la tête basse. Ils n'avaient jamais vu Boum Boum perdre ainsi son calme. Et, croyez-moi, c'était un spectacle inoubliable! Ses yeux globuleux étaient rouges et lançaient des éclairs. L'élastique qui retenait sa queue de cheval s'était cassé, et ses longs cheveux étaient dénoués. Étonnamment, ils ne pendaient pas sur ses épaules : ils étaient hérissés comme si l'entraîneur venait de mettre le doigt dans une prise électrique. Son visage était empourpré par les efforts qu'il faisait pour communiquer.

Mon magnétophone était en marche, dans l'attente des instructions de Boum Boum, mais il s'est contenté de crier jusqu'à ce qu'il ne trouve plus de mots, puis s'est écroulé contre le mur, épuisé.

— Vous avez raison, monsieur Blouin, a soupiré Alexia. Après avoir raté ma première mise en échec, je n'en ai pas fait d'autre. Je suis désolée.

— Moi aussi, a dit Kevin d'un air penaud. J'ai patiné

vers l'avant. Où avais-je la tête?

— Moi, je les ai laissés me bousculer, a admis Cédric. Ça ne se passera plus comme ça, je vous le promets!

L'un après l'autre, les joueurs ont pris la parole pour s'accuser d'avoir mal joué.

— J'avais peur d'aller dans les coins de la patinoire.

— Je suis resté planté là pendant qu'ils marquaient des buts.

— J'étais certain de ne pas pouvoir arrêter ce colosse, alors je n'ai même pas essayé.

Quel bon entraîneur! Sans même avoir parlé français, il avait réussi à faire comprendre son message.

La sirène a retenti. Comme Boum Boum ne trouvait toujours pas ses mots, il s'est contenté d'ouvrir la porte et de désigner la glace du doigt. C'était le geste le plus motivant que j'aie jamais vu. Les joueurs sont sortis, gonflés à bloc.

En tant que capitaine, Alexia a été la première à tenir tête à l'équipe adverse. Dès la mise au jeu, elle a, encore une fois, tenté de plaquer Godzilla. Et, encore une fois, elle a rebondi comme une balle de ping-pong. Mais j'ai remarqué une différence : quand elle s'est relevée, elle pointait le menton d'un air déterminé. Elle a continué sans relâche : plaquage avec l'épaule, avec la hanche. Elle a fini par foncer sur un des joueurs adverses à un angle idéal.

C'était Tyrannosaure qui faisait une montée. Alexia l'a d'abord mis en échec avec la hanche. Puis, quand elle a senti que son adversaire perdait pied, elle s'est redressée pour terminer le coup avec l'épaule. Tyrannosaure s'est envolé.

Le beau coup d'Alexia a galvanisé ses coéquipiers. Cédric maniait mieux son bâton. Oui, ses adversaires lui enlevaient la rondelle. Pourtant, chaque fois, il réussissait à la garder un peu plus longtemps, et notre équipe a pu mener quelques attaques. Les ailiers ont travaillé fort dans les coins, et bientôt, Bellerive a eu son premier tir au but. On a même entendu quelques cris d'encouragement, provenant surtout des véritables joueurs étoiles de Bellerive, qui étaient éparpillés dans les gradins.

— Ils s'améliorent, a dit Olivier d'un air revêche.

— Ils sont pourris! a lancé Rémi. Ils vont se faire lessiver!

Je me suis tourné vers eux et j'ai dit doucement :

— Lasagne. Soupe à l'oignon gratinée. Œufs frits.

Cette fois, ils ne se sont pas précipités vers les toilettes, mais ils n'avaient pas l'air dans leur assiette. De toute façon, j'étais content qu'ils soient là pour voir le premier but des Flammes.

Le but a été marqué par accident, c'est vrai, mais c'était tout de même un grand moment. Dix minutes après le début de la période, Kevin a finalement pu s'emparer de la rondelle. *Zoum!* Il s'est retourné et est parti à reculons.

Les joueurs de l'équipe adverse étaient déconcertés. Lequel d'entre eux était censé couvrir ce joueur? Et de quelle façon, au juste, puisque la rondelle était du mauvais côté? Avant qu'ils puissent se décider, Kevin est arrivé devant le filet.

— Plaquez-le! a crié leur gardien, Frankenstein.

Les deux gros défenseurs ont coincé Kevin devant l'enclave. La double mise en échec était si brutale qu'un petit nuage de poudre s'est échappé du poudrier de Mme Blouin et a flotté jusqu'au visage du gardien de but.

— Atchoum!

Pendant que Frankenstein se pliait en deux pour éternuer, Kevin a réussi, d'un petit coup de bâton, à faire pénétrer la rondelle dans le filet.

J'ai crié mon idée de titre :

— *Bellerive passe à l'action!*

Rémi avait un autre titre en tête :

— *Coup de chance!*

Je me suis tourné vers lui :

— Nachos au chili et au fromage.

Une minute plus tard, quand Godzilla a reçu une pénalité pour avoir fait trébucher un de nos joueurs, j'ai commencé à croire que le vent pouvait tourner. Un but en avantage numérique ferait passer le pointage à 4 à 2, et il nous resterait la troisième période pour faire une remontée.

Je sentais des gouttes de transpiration couler de mon bandeau. Le jeu de puissance des Flammes paraissait solide. Benoît et Kevin contrôlaient la ligne bleue et faisaient des passes à Cédric et à Alexia. Carlos s'élançait dans les coins, se saisissant de la rondelle abandonnée ou des rebonds.

Puis Alexia a lancé! Arrêt de Frankenstein, au moyen

de son bâton!

Riposte de Cédric avec un tir du revers, aussitôt bloqué par Frankenstein avec sa jambière!

Carlos a ramené la rondelle derrière le filet et a tenté de déjouer le gardien en faisant passer la rondelle devant. Le solide gardien a plaqué son patin contre le poteau, et la rondelle a rebondi dans les airs.

Elle est retombée en plein sur le bâton de Godzilla, qui s'est mis à traverser la patinoire à vive allure. Dans leur précipitation pour lui bloquer le passage, Kevin et Benoît sont entrés en collision. Leurs casques se sont heurtés et les deux coéquipiers sont tombés sur la glace. Il y avait juste assez d'espace entre eux pour laisser passer le centre adverse en échappée.

Je n'ai pas aimé en être témoin, mais je dois admettre que c'était un but magnifique, marqué par un joueur plein d'assurance. Godzilla avait à peine franchi notre ligne bleue qu'il a projeté la rondelle entre les jambières de Jonathan; 5 à 1 pour Trois-Rivières.

Un but en désavantage numérique! Quoi de plus déprimant que de voir marquer un but contre son équipe alors qu'on bénéficie d'un avantage numérique. Et c'est arrivé juste au moment où les Flammes semblaient reprendre du poil de la bête!

À la pause, le vestiaire était silencieux. Les joueurs étaient démoralisés.

— On ne pourra pas les battre, a gémi Jonathan. Ils sont bien meilleurs que nous.

— Ils sont assez bons pour jouer dans la LNH, a acquiescé Benoît.

Même Cédric était ébranlé.

— Le problème, a-t-il dit, c'est que chacun d'eux est capable de s'emparer de la rondelle et de se rendre jusqu'au filet pour marquer un but. Pensez-y. Ils ont marqué cinq buts et chacun était le résultat d'un jeu individuel bien monté. Je parie qu'il n'y a pas une seule aide dans les statistiques de cette équipe.

Boum Boum l'a dévisagé. Ses yeux de mante religieuse se sont écarquillés.

— C'est ça! a-t-il fini par lancer. C'est notre bidule!

Toute l'équipe s'est tournée vers lui.

— Ces zigotos sont meilleurs que nous, a expliqué l'entraîneur, mais seulement un à la fois. Ils ne se passent pas la rondelle. Ils ne font que des bidules individuels.

— Pourquoi n'y a-t-on pas pensé avant? a lancé Alexia en se levant d'un bond. Ce sont des crâneurs. Ils ont l'habitude de recevoir des passes, pas d'en envoyer.

— Alors, si on les oblige à faire des passes, ils vont commencer à commettre des erreurs! s'est exclamé Carlos avec entrain, avant de se tourner vers l'entraîneur. Comment va-t-on réussir ça?

— Avec beaucoup de mises en échec! a répondu immédiatement Boum Boum.

— C'est ça! a ajouté Cédric. Ne les laissez pas patiner. Interrompez leur jeu. Il faut qu'ils fassent des passes!

Les Flammes avaient tellement hâte de retourner sur la

patinoire que je me suis presque fait écraser quand la sirène a sonné. J'ai voulu me diriger vers mon siège, mais Cédric m'a saisi par le collet.

— Attends une minute, Tamia. J'ai un petit boulot pour toi.

— Tout ce que tu veux, Cédric!

J'étais si absorbé par ce match que j'aurais été prêt à explorer les égouts pour aider les Flammes.

Il a mis son bras sur mes épaules et a chuchoté pour que l'entraîneur ne puisse pas entendre :

— Il y a une autre chose qui pourrait distraire ces gars.

— Laquelle? ai-je demandé, tout oreilles.

— Mme Blouin! a-t-il répondu avec un clin d'œil.

Chapitre 17 [[[[[

Parler à Mme Blouin est beaucoup plus difficile qu'on ne croit. Le simple fait d'être debout devant elle, à contempler son visage de mannequin, ses longs cheveux noirs, ses yeux... Ah, ne me demandez pas d'en dire plus! Pour résumer, j'ai gravi les gradins, j'ai jeté un regard vers Mme B. et j'ai aussitôt oublié notre plan.

— Heu, comment ça va? ai-je balbutié.

Maman m'a ramené à la réalité.

— Clarence, as-tu de la fièvre? Ton visage est tout rouge!

— Oh, je vais bien, suis-je parvenu à répondre. Je suis seulement préoccupé par le match...

Le match!

— Mme Blouin, l'entraîneur a besoin de vous sur le banc, ai-je annoncé.

— Pourquoi? a-t-elle demandé, surprise.

J'ai pris un air vague.

— Il a parlé de machins-trucs. Allez, venez!

Elle m'a suivi jusqu'en bas. Croyez-moi, personne dans cette section ne regardait la mise au jeu.

Une fois au niveau de la patinoire, elle a pris place sur le banc à côté de son mari.

— Qu'est-ce que tu veux, Boum Boum?

— Quoi?

— Que veux-tu que je fasse?

— Rien.

— Mais, Boum Boum...

C'est alors que l'Homme des neiges a aperçu la belle Mme Blouin. *Crac!* Il a percuté le plexiglas.

Kevin s'est emparé de la rondelle et s'est dirigé à reculons vers la zone adverse. Je pouvais le voir froncer les sourcils dans son miroir pendant qu'il cherchait les défenseurs du regard. Mais il n'y en avait aucun. Les joueurs de Trois-Rivières restaient immobiles, à contempler notre banc. Kevin a fait une passe à Carlos, qui a expédié la rondelle à Marc-Antoine, lequel a exécuté son lancer-pelletée. La rondelle est entrée dans le coin supérieur du filet : 5 à 2.

Mme Blouin s'est réjouie avec nous, puis a dit :

— Bon, comme personne n'a besoin de moi...

— Mme Blouin! s'est écrié Cédric. Mon nom est en train de se détacher de mon chandail! Pouvez-vous le rattacher?

Pendant ce temps, King Kong s'est si bien penché par-dessus la bande pour mieux voir qu'il a basculé sur la glace. L'arbitre a donné un coup de sifflet.

— Une pénalité pour Trois-Rivières! a-t-il crié. Trop de joueurs sur la glace!

— Aïe! J'ai quelque chose dans l'œil! me suis-je écrié.

Il fallait bien garder la femme de l'entraîneur près du banc durant le jeu de puissance, n'est-ce pas?

Pendant qu'elle me tamponnait l'œil avec un coton-tige, Frankenstein la regardait au lieu de suivre la rondelle des yeux. Benoît s'est élancé de la pointe, puis, avec un mouvement plutôt maladroit des poignets, il a projeté la rondelle dans le filet, faisant ainsi passer le pointage à 5 à 3.

L'entraîneur de l'équipe adverse a réclamé un temps mort. Lorsqu'il a demandé à ses joueurs ce qui se passait, ils ont tous désigné Mme Blouin.

— C'est elle qui vous distrait à ce point? a-t-il lancé d'un air dégoûté. Vous devriez avoir honte!

Puis il a griffonné une stratégie sur sa tablette de chocolat et pris une bouchée de sa planchette à pince.

Quand le jeu a repris, les tenants du titre gardaient les yeux sur la glace. Ça les empêchait de penser à Mme Blouin, mais ça ouvrait aussi la voie à de spectaculaires mises en échec. Je n'en croyais pas mes yeux! Les Flammes renversaient ces géants un peu partout sur la patinoire. Et pas seulement nos meilleurs plaqueurs! Le petit Marc-Antoine a expédié Godzilla dans un vol plané qui l'a fait atterrir sur Frankenstein. Les deux joueurs se sont écroulés dans le filet.

Incapables de patiner sans se faire plaquer, les joueurs de Trois-Rivières se sont mis à faire des passes. C'est alors que nous avons compris que Boum Boum avait raison. Ces super vedettes, ces machines indestructibles, étaient les plus piètres passeurs de l'univers.

Cédric a bientôt intercepté une passe de King Kong à Tyrannosaure, et a fait entrer la rondelle dans le filet, à la droite de Frankenstein; 5 à 4.

Puis Benoît a intercepté un lancer plutôt faible et a fait une passe à Kevin, qui est parti à reculons. Le lancer de Kevin a été bloqué, mais Carlos était là pour se saisir du rebond et expédier la rondelle dans le filet.

— Égalité! ai-je hurlé dans mon micro. Quelle remontée!

Boum Boum a demandé un temps mort pour permettre à ses joueurs épuisés de se reposer. Sa voix était rauque, à force d'avoir crié, ce qui le rendait encore plus incompréhensible.

— Il ne reste qu'une minute et demie de machin! Faites durer le truc pour conserver vos forces et remporter la victoire en patente!

— En prolongation? a traduit Cédric, horrifié. Mais il n'y en a pas de prolongation, dans le championnat des étoiles!

— Hein? s'est exclamé Jean-Philippe. Tu veux dire qu'on laisse une partie se solder par un match nul?

Cédric a secoué la tête.

— En cas de match nul, le trophée va à l'équipe qui a marqué le plus de buts au cours du tournoi. Et dans ce cas-ci, Trois-Rivières a marqué plus de buts que Bellerive.

Jonathan a levé son masque.

— Tu veux dire que...

— On est en train de perdre, a confirmé sa sœur à voix basse.

— Exactement, a repris Cédric. Si on ne gagne pas d'ici la fin de la période, on va terminer en deuxième place.

Quel suspense! Tout allait se jouer en une minute et demie. Le tout pour le tout! De tels moments n'arrivent qu'au hockey.

Mme Blouin n'allait sûrement pas quitter le banc maintenant! Des cris s'élevaient dans l'aréna, certains pour encourager les Flammes à continuer de faire des miracles, d'autres pour supplier Trois-Rivières de tenir le coup. C'était impressionnant d'entendre certains de nos pires ennemis nous soutenir. Debout sur leurs jambes flageolantes, Luc Doucette, Thomas Coulombe et Lucas Racicot poussaient des cris d'encouragement. Même l'entraîneur Morin et M. Fréchette semblaient gagnés par la fébrilité.

Ce n'était pas le cas de Rémi et d'Olivier. Ces deux minables étaient si odieux qu'ils criaient à pleins poumons... pour l'autre équipe! Ils préféraient voir Bellerive perdre plutôt que de laisser un peu de gloire rejaillir sur les Marsois. Était-ce possible d'être mesquin à ce point?

Je me suis tourné vers ces deux traîtres et leur ai lancé à la figure :

— Blintzes au fromage et à la crème sure!

Ils devaient être rétablis, parce que ça n'a pas semblé les dégoûter. Olivier s'est penché pour tirer de nouveau sur mon bandeau. Mon mouvement de recul a fait glisser le bandeau, qui lui a claqué dans la main avant de s'élever dans les airs et d'atterrir sur la glace, juste à côté de la ligne bleue de notre équipe.

— Oh non! me suis-je écrié.

Au même moment, la rondelle est tombée. Cédric s'en est emparée et l'a envoyée dans le camp opposé. C'était le signal pour que Jonathan quitte la glace et se fasse remplacer par un sixième attaquant. Il s'est dirigé vers le banc, mais s'est subitement affalé sur la glace. Les yeux exorbités, je me suis rendu compte qu'il avait trébuché sur mon bandeau!

— Lève-toi! a hurlé Boum Boum.

Épuisé, empêtré par les grosses jambières de Lucas, Jonathan se déplaçait au ralenti.

King Kong est sorti de la mêlée derrière le filet adverse. Visant soigneusement, il a effectué un lancer frappé au centre de la patinoire.

Les spectateurs ont retenu leur souffle. La rondelle se dirigeait tout droit vers le filet désert.

Avec une exclamation horrifiée, Jonathan s'est lancé de côté le long de la ligne bleue, tentant désespérément d'intercepter la rondelle. Cette dernière a heurté l'extrémité de son bâton et a dévié vers la zone neutre.

— Dernière minute de jeu, ont crié les haut-parleurs.

Les joueurs des deux équipes se sont rués sur la

rondelle. Jonathan a fait de même, patinant comme un joueur d'avant avec ses jambières encombrantes.

— Ne franchis pas la bébelle! lui a crié Boum Boum.

— La ligne rouge! ai-je aussitôt traduit.

En effet, un gardien qui traverse cette ligne écope d'une pénalité. Mais Jonathan n'avait pas entendu. Son patin droit s'est avancé vers la ligne.

Boum! Alexia s'est jetée sur son frère pour l'arrêter. Le choc l'a fait pivoter, puis il s'est écroulé et a glissé jusqu'à sa propre ligne bleue, hors de danger.

J'ai regardé l'horloge avec inquiétude. Plus que 30 secondes!

Cédric a réussi à s'emparer de la rondelle, mais un harponnage violent l'a expédiée au loin. Benoît et Godzilla se sont précipités, leurs bâtons s'entrechoquant au-dessus de la rondelle. Deux coups de golf distincts se sont unis pour la projeter dans les airs.

L'aréna est devenu silencieux. Deux équipes et près de 300 spectateurs ont retenu leur souffle. En mon for intérieur de journaliste, je savais que l'endroit où retomberait cette rondelle serait déterminant pour l'issue du tournoi.

Puis une voix s'est écriée :

— Je l'ai!

Chapitre 18

J'ai ouvert de grands yeux étonnés. La voix était celle de Jean-Philippe. Sa silhouette, qui se découpait sur les projecteurs de la patinoire, lui donnait l'allure de Michael Jordan en plein élan, pendant qu'il bondissait pour exécuter le plus impressionnant rabattage de tous les temps.

— C'est trop haut! ai-je crié.

Jean-Philippe attendait ce moment depuis des semaines. Il s'était exercé sans relâche pour parfaire sa technique. Il a écarté les doigts de son gant et rabattu la rondelle en plein vol.

Elle est retombée de biais et a rebondi sur le casque de l'Homme des neiges.

Apparemment contrôlée par un esprit malfaisant, elle a tournoyé, puis s'est enfoncée dans l'encolure du chandail de Jean-Philippe.

— Oh non! a gémi ce dernier. Pas encore!

Ses patins ont repris contact avec la glace et il a exécuté une espèce de danse effrénée en gesticulant dans tous les sens.

Il restait 15 secondes! L'arbitre a commencé à lever le bras pour porter son sifflet à sa bouche, quand soudain, la rondelle est tombée du chandail de Jean-Philippe. Elle a roulé à travers un fouillis de bâtons pour parvenir à Cédric.

— Vas-y! ai-je hurlé, un œil sur la glace et l'autre sur l'horloge.

Neuf, huit, sept...

N'oubliez pas qu'il s'agissait du grand Cédric Rougeau! Il savait exactement combien de temps il lui restait quand il s'est élancé vers le filet. À trois secondes de la fin, il a effectué un superbe tir du poignet vers le coin inférieur du filet.

Ping!

— Il a frappé le poteau! ai-je murmuré, catastrophé.

Non! Être passé si près...

Puis Alexia a surgi de nulle part, son corps parallèle à la glace dans un plongeon désespéré. Avançant son bâton vers la rondelle, elle a réussi à la frapper avec le talon de la palette.

Frankenstein s'est élancé pour la bloquer, sans succès. La rondelle a glissé sous lui et la lumière rouge s'est allumée une fraction de seconde avant que le chronomètre indique zéro.

Pointage final : 6 à 5 pour les étoiles de Mars. Les Flammes venaient de remporter le championnat!

Nous n'avions pas beaucoup de partisans dans l'aréna. Mais nous avons crié assez fort pour compenser. Les quelque 18 000 spectateurs du Centre Bell n'avaient pas crié plus fort la veille. En tous cas, ils n'étaient pas plus heureux que nous, c'est certain!

Boum Boum et l'équipe ont envahi la patinoire, soulevant Alexia sur leurs épaules pour la transporter jusqu'au vestiaire. Je les suivais de près. En tant que journaliste, je suis toujours à l'affût du spectaculaire. Je me suis avancé sur la glace en glissant pour aller ramasser la rondelle de la victoire dans le filet. Chaque fois que nous la verrions, nous pourrions revivre en pensée le plus grand moment de la brève histoire du hockey marsois.

La tenant à bout de bras, je suis entré dans le vestiaire où régnait un joyeux brouhaha. Je me suis dirigé vers le membre de l'équipe qui la méritait le plus.

— Tiens, ai-je déclaré à Alexia. Tu devrais la garder.

Elle ne l'a même pas regardée. Elle fixait mon visage.

— Tamia, pourquoi le mot « Copymax » est-il écrit sur ton front?

Oh non! Dans toute l'excitation, j'avais oublié que je n'avais plus de bandeau!

Je pouvais voir des déclics se produire dans le cerveau d'Alexia. Mon bleu... Le photocopieur Copymax... Les pamphlets...

— C'était toi! a-t-elle dit en plissant les yeux. Ces feuillets idiots! C'est toi qui les as imprimés?

Et voilà... Dans ce grand moment de triomphe et de

bonheur parfait, j'allais me faire aplatir comme une galette.

— Vas-y! lui ai-je lancé. Écrase-moi! Mais je ne regrette pas de l'avoir fait!

— Tu as fait ça pour moi? a-t-elle dit avec une expression étonnée. C'était gentil, Tamia. Merci.

— Gentil? a répété Cédric en bondissant de son siège. Gentil? Quand tu pensais que c'était moi, tu m'as fait bouffer un de ces feuillets!

Alexia lui a souri.

— Tiens, la vedette! a-t-elle répliqué en lui tendant la rondelle. Amuse-toi avec ça!

Il a regardé la rondelle en fronçant les sourcils.

— Un instant, a-t-il dit. Ce n'est pas la bonne rondelle.

— Mais oui, ai-je insisté. Je l'ai ramassée dans le filet.

— Le logo du tournoi doit être gravé sur la rondelle. Celle-ci porte les lettres LDBB. C'est une rondelle de la Ligue Droit au but de Bellerive!

— Laissez-moi voir ce machin, est intervenu Boum Boum, interloqué. Comment est-elle arrivée ici?

Benoît l'a contemplée avec étonnement.

— Hé, ce ne serait pas la rondelle que Jean-Philippe avait perdue pendant le match contre les Rois?

— C'est impossible! a protesté Jean-Philippe. Cette rondelle avait disparu! Et même si c'était la même, comment se fait-il qu'elle soit ici, à des centaines de kilomètres de chez nous? Vous pensez que je la transportais dans mon nombril?

Pour illustrer son propos, il a tapoté son ventre.

— Dites donc, il y a quelque chose là-dedans! s'est-il écrié avec une drôle d'expression.

Il a soulevé son chandail pour dévoiler le manchon de son kangourou. Plongeant la main à l'intérieur, il en a sorti une rondelle.

— Elle porte le logo du tournoi! s'est exclamé Kevin.

— Je le savais! a lancé Benoît. Je vous l'avais dit que cette rondelle était dans la lessive! Elle a dû rouler dans le kangourou, et c'est comme ça qu'elle s'est rendue jusqu'ici!

Jean-Philippe était stupéfait.

— Et elle a marqué le but décisif! a-t-il conclu dans un souffle.

Cédric a froncé les sourcils et s'est tourné vers l'entraîneur.

— La vraie rondelle avait disparu et celle qui est entrée dans le but venait de l'extérieur. Alors, en principe, ce but ne devrait pas compter.

Alexia lui a jeté un regard méprisant.

— Une rondelle est entrée dans le chandail de Jean-Philippe et une autre en est ressortie. Qu'importe si ce n'est pas la même?

— Qu'est-ce qu'on devrait faire, monsieur Blouin? a demandé Jonathan, inquiet.

Au même instant, la porte du vestiaire s'est ouverte et M. Fréchette est entré. Il apportait le trophée scintillant du championnat.

Vif comme l'éclair, Boum Boum a mis la rondelle illégale dans sa bouche, a fermé les lèvres et a fait de son mieux pour sourire comme un entraîneur triomphant.

J'étais sidéré. C'était une véritable caverne, là-dedans!

— Eh bien, Blouin, a déclaré M. Fréchette en lui tendant le trophée, je tire mon chapeau. J'admets que j'avais des doutes, mais vos Martiens... heu, vos joueurs ont vraiment fait leurs preuves aujourd'hui. Avez-vous un commentaire pour le bulletin d'information de la ligue?

— *Hon, hon,* a fait Boum Boum, le visage écarlate.

Comme j'étais le reporter de l'équipe, j'ai voulu parler au nom des joueurs :

— Mettez simplement que nous sommes ravis d'être ici.

Il n'a pas noté ma phrase. Il est resté planté là, à me regarder. Son regard fixait un point au-dessus de mes yeux.

— Jeune homme, pourquoi le mot « Copymax » est-il écrit sur ton front?

Ah, zut!

Chapitre 19

M. Fréchette m'a dénoncé à la direction de l'école. J'ai été renvoyé deux jours. J'aurais préféré que ma sanction dure jusqu'à la retraite de M. Sarkis. Mais je me suis dit que je pourrais probablement m'arranger pour l'éviter jusqu'à l'obtention de mon diplôme.

D'une certaine manière, je ne m'en suis pas trop mal tiré. Alexia ne m'a pas tué, et l'équipe m'a acclamé comme un héros. Même ma mère était plutôt fière que j'aie défendu un membre de l'équipe, surtout une fille. Qui se souciait de l'opinion de M. Fréchette de toute façon?

Ces deux journées m'ont donné le temps de terminer mes entrevues et de préparer mon article pour le prochain numéro de la *Gazette*.

J'ai interviewé Mme Blouin en dernier, car j'ai beaucoup de mal à me concentrer en sa présence. J'ai choisi un bon moment. Elle était assise à son bureau, en train de régler des factures pour le magasin d'aliments naturels.

Elle ne m'a souri qu'une fois. J'en ai été si troublé que je suis tombé de ma chaise. Mais c'était une bonne chose : pendant que j'étais par terre, j'ai trouvé un reçu qu'elle avait laissé tomber. Je vous jure que je ne voulais pas être indiscret. C'est mon instinct de journaliste qui m'a poussé à y jeter un coup d'œil.

La facture provenait d'une entreprise appelée Les Uniformes athlétiques de Montréal. On pouvait y lire qu'un M. Blouin avait commandé 11 bandes de tissu personnalisées (lettres blanches sur fond vert). C'était une commande urgente datée de la veille de la finale du tournoi.

Mon cœur s'est emballé. Les noms pour les chandails! C'est donc Boum Boum qui les avait commandés. Non seulement ça, mais quand nous avons cru que c'était mon père qui les avait envoyés, il ne l'a pas nié.

Est-ce que je vous ai déjà dit que Boum Boum était le meilleur gars du monde? Eh bien, multipliez ça par trois. Il a acheté ces noms parce qu'il ne voulait pas que ses joueurs soient déçus. De plus, il a accordé tout le mérite à mon père parce qu'il savait que j'avais honte de la façon dont il nous avait abandonnés.

— Qu'est-ce que tu tiens là, Tamia?

Je lui ai tendu le reçu. Nos regards se sont croisés.

— Madame Blouin, je dois dire la vérité à l'équipe.

— Ce n'est pas ce que souhaite Boum Boum, a-t-elle répliqué d'un ton ferme.

— Tout le monde devrait savoir comme c'est

formidable, ce qu'il a fait, ai-je insisté.

Elle m'a fait promettre de garder le secret. Je n'avais même pas le droit de dire à Boum Boum que j'étais au courant.

Mais j'en ai parlé à mon père quand il m'a téléphoné une semaine plus tard. Il a admis que Boum Boum était un homme très spécial.

Avec une bouche assez grande pour dissimuler une semi-remorque, ai-je pensé. Puis j'ai dit à mon père :

— Je sais que c'est toi qui as envoyé mon feuillet à *Sports Mag*. Grâce à toi, mon rêve s'est réalisé! Merci!

— À ton service.

Un silence embarrassé s'est installé entre nous. Puis mon père a repris la parole :

— Quelle fin de semaine extraordinaire ç'a été pour les Flammes, n'est-ce pas, Tamia? Je suis vraiment désolé d'avoir raté ça.

J'ai réprimé l'envie de dire : « Ce n'est pas grave. » Parce que ça l'était. Mais je n'étais plus en colère contre lui. Il est comme ça, mon père, c'est tout. En faire tout un plat aurait équivalu à engueuler une boussole parce qu'elle refuse d'indiquer le sud.

— De toute façon, tout a fini par s'arranger.

— Dis donc, Tamia, a-t-il ajouté en gloussant. Comment va mon copain Jean-Philippe? Est-ce qu'il a appris à rabattre les rondelles?

— Oh, papa! ai-je répondu en riant. Un jour, quand tu auras un mois devant toi, je te raconterai ce qui s'est passé. C'était un événement surnaturel inexpliqué!

Quelques mots sur l'auteur

« Quand j'étais enfant et que je jouais au hockey, l'une des choses auxquelles tout le monde rêvait, c'était de devenir une étoile, se souvient Gordon Korman. Nous passions des heures à discuter de ceux qui y étaient arrivés et de ceux qui n'y étaient pas arrivés, et à expliquer pourquoi. Aussi, cette question m'est revenue tout de suite à l'esprit lorsque j'ai écrit les livres de la collection *Droit au but*. Quelques « Martiens » seraient-ils sélectionnés par la ligue, pour former l'équipe des étoiles? Sûrement pas! Mais je savais bien que Tamia et les Flammes ne se laisseraient pas faire. »

Gordon Korman est l'un des auteurs canadiens préférés des jeunes. Il a plus de 50 ouvrages à son actif, notamment des collections. Il habite actuellement à New York avec sa femme, qui est enseignante, et leurs trois enfants.